옛이야기, 다시 쓰다

이 도서의 국립중앙도서관 출판예정도서목록(CIP)은
서지정보유통지원시스템 홈페이지(http://seoji.nl.go.kr)와
국가자료종합목록 구축시스템(http://kolis-net.nl.go.kr)에서 이용하실 수 있습니다.
(CIP제어번호: CIP2020019487)

옛이야기, 다시 쓰다

루쉰 소설 | 자오옌녠 판화 | 이욱연 옮김

문학동네

일러두기

1. 원주라고 밝힌 경우를 제외하고 주석은 모두 옮긴이주이다.
2. 국립국어원 외래어표기 원칙에 따라 신해혁명(1911) 이전의 인명과 지명은 한자음으로 표기하고, 이후의 인명과 지명은 중국어 표기법에 따라 원어 발음으로 표기하였다.

차례

서문

이 작은 작품집은, 쓰기 시작한 후 책으로 묶기까지 시간이 무척 오래 걸렸다. 족히 십삼 년은 된다.

첫번째 작품 「하늘을 수리하다」(원래 제목은 「부주산不周山」)는 1922년 겨울에 썼다. 고대와 현대에서 두루 소재를 취해 단편소설을 써보고자 했다. 「부주산」은 '여와가 돌을 달구어 하늘을 보수했다'는 신화를 가져와 실험삼아 쓴 첫 작품이다. 프로이트의 학설을 빌려 창조의—인간과 문학의—기원을 해석하려는 시도에 불과하긴 했지만, 처음에는 진지했다. 무슨 이유였는지는 기억나지 않지만 중간에 그만두었었다. 이후 신문을 보다가 누군가—지금 이름은 잊었다—왕징즈의 『풀향기 바람』을 비평한 글을 우연히 보게 되었다. 비평에선 '청년들에게 눈물로 애원

하건대 더이상 이런 글을 쓰지 말라'고 했다. 그 가련하고 음험한 평론을 읽은 나는 골려주고 싶은 마음이 생겼고, 다시 소설을 쓸 때 옛날 의관을 차려입은 작은 사내를 여와의 두 다리 사이에 등장시키지 않을 수 없었다. 이것이 바로 진지함에서 장난으로 떨어지는 시작이었다. 장난은 창작의 절대적인 적이다. 나는 이런 나 자신이 불만이다.

다시는 이런 소설을 쓰지 않겠다고 결심했다. 『외침吶喊』을 엮을 때 그 소설을 마지막에 넣은 것이 시작이자 끝이었던 셈이다.

당시는 우리의 비평가이신 청팡우 선생이 혁명문학단체인 창조사 문 앞에 '영혼의 모험'이라는 깃발을 내걸고 도끼를 휘두르던 때였다. 그는 '통속적'이라는 죄명을 내세워 『외침』을 난도질했는데, 「부주산」만은 물론 좋지 않은 데가 있기는 하지만 훌륭한 작품이라고 했다. 솔직히 말하자면 그게 바로 내가 승복하지 못하고 그 용사를 멸시하게 된 이유다. 나는 '통속'을 천하다고 생각하지 않으며 기꺼이 '통속'적이고 싶다. 역사소설은 문헌을 두루 찾고 반드시 근거가 있는 말을 해야 해서, 어떤 사람들은 '교수 소설'이라고 비웃지만, 실은 구성하기가 매우 힘들다. 하지만 작은 소재를 가져다가 마음대로 가공하여 한 편을 만드는 데는 그리 재주가 필요 없다. 더구나 '물을 마신 물고기는 물을 마셔도 따뜻한지 차가운지 아는 법'이고, 속된 말로 '자기 병은 자기가 아는 법'이다. 「부주산」의 후반부는 거칠어서 전혀 가작이라고 할 수 없다. 독자들이 그 모험가의 말을 믿는다면 분명 잘못된 것이며, 나도 사람들을 오도한 셈이 된다. 그래서 『외침』 재판을 찍을 때 그 작품을 뺐다. 그 '영혼'에게 일격을 가해 답례를 한 것이다. 그래서 내 작품집에는 '통속'들만 남아 설치게 되었다.

1926년 가을, 혼자서 샤먼의 석조건물에 살 때, 바다를 바라보며 고서를 뒤적거렸다. 주변에 인기척이라곤 없어 마음이 공허했다. 그런데 베이징의 미명사에서 계속 편지를 보내 잡지에 글을 써달라고 재촉했다. 그때의 난 지금 현실의 문제를 생각하고 싶지 않았다. 그래서 마음속에 든 것을 꺼내 추억하였고 여남은 편으로 된 『아침꽃을 저녁에 줍다』를 썼다. 아울러 고대 전설에서 소재를 가져와서 여덟 편의 『옛이야기, 다시 쓰다』를 준비했다. 그러나 「달로 달아나다」와 「검을 만들다」—발표 때는 제목이 「미간척」이었다—를 막 쓰고 나서 광저우로 도망을 가게 되었고, 이 일은 완전히 제쳐두었다. 나중에 우연히 소재를 얻어 스케치를 하기도 했지만 줄곧 정리를 하지 못했다.

어쨌든 이제야 한 권의 책으로 엮는다. 이중에는 스케치한 게 여전히 많아서 '문학개론'에서 말하는 이른바 소설에는 미치지 못한다. 이야기 가운데 어떤 내용은 옛날 책에 그 근거가 있지만 어떤 부분은 나름대로 떠든 것들이다. 나는 옛날 사람들을 대할 때 요즘 사람들 대하는 것만큼 진지하지 못해서 간혹 장난스러운 곳이 어쩔 수 없이 있을 것이다. 십삼 년이 지났지만 여전히 크게 발전하지 못했다. 훑어보니 정말로 '「부주산」 수준이 아닌 게 없다'. 하지만 옛날 사람들을 다시 죽이는 식으로는 쓰지 않았으니 얼마 동안이나마 존재할 여지는 있을지 모르겠다.

1935년 12월 26일

루쉰

하늘을 수리하다

補天

1

여와女媧*가 문득 깨어났다.

꿈을 꾸다가 깬 것 같은데 무슨 꿈이었는지 기억나지 않았다. 찜찜했고 뭔가 부족한 느낌이 들면서도 뭔가 너무 많다는 느낌이 들기도 했다. 부드러운 바람이 산들산들 불어 그녀의 기운을 우주에 가득 채웠다.

그녀는 눈을 비볐다.

분홍빛 하늘에는 구불구불 얽힌 청록색 구름들이 나풀나풀 떠

* 중국 고대 신화에 나오는 인물로, 인류의 시조로 여겨진다.

여와가 문득 깨어났다.

다니고 그 뒤편에서 별들이 반짝반짝 눈을 깜빡이고 있었다. 하늘가 핏빛 구름 사이로 태양이 사방으로 빛을 뿌렸다. 마치 황금 구슬이 태고의 용암 속에서 구르는 것 같았다. 한편, 하늘의 다른 한쪽에는 쇠처럼 차갑고 하얀 달이 있었다. 하지만 그녀는 무엇이 뜨고 무엇이 지는지 전혀 알 수 없었다.

땅은 온통 푸르렀다. 잎이 쉬이 변하지 않는 소나무와 잣나무도 더없이 푸르렀다. 연분홍과 청백색의 커다란 이름 없는 꽃들은 앞에서도 선명하지만 먼 곳에서 역시 알록달록한 운무처럼 빛나 보였다.

"아아, 이렇게 따분한 건 처음이구나!" 그녀는 이런 생각을 하면서 갑자기 몸을 일으켰다. 그녀가 둥그스름하고 힘이 넘치는 팔을 뻗어 하늘을 향해 기지개를 켜자 하늘이 돌연 본래의 색을 잃고 신비로운 붉은빛으로 변했다. 순간 그녀가 어디에 있는지 분간할 수 없게 되었다.

그녀가 붉은빛 세상 가운데 바닷가에 이르렀다. 전신의 곡선이 모두 엷은 장밋빛 바다에 녹아들었고 몸 가운데에 이르러서는 순백색으로 물들었다. 놀란 파도가 질서 있게 일렁였지만 여전히 물방울이 그녀 몸에 튀었다. 순백의 그림자가 바닷속에서 흔들려 마치 온몸이 사방으로 흩어지는 것 같았다. 하지만 그녀 자신은 그 모습을 보지 못했다. 다만 자신도 모르게 한쪽 무릎을 꿇고 손을 뻗어 물기를 머금은 진흙을 떴다. 몇 번 주무르자 두 손 안에 자신과 많이 다르지 않은 조그만 것이 만들어졌다.

"아, 아!" 그녀는 분명 자신이 만든 것인 줄 알면서도, 이 조그만 것이 고구마처럼 원래 흙속에 묻혀 있던 건 아닐까 하며 의아해했다.

그런데 이 의아함이 그녀를 기쁘게 했다. 예전에는 경험하지 못한 용기와 즐거움을 느끼며 작업을 계속했다. 숨을 씩씩거리고 땀을 흘리면서……

"Nga! nga!" 그 조그만 것들이 울음을 터뜨렸다.

"아, 아!" 그녀는 다시 한번 놀랐다. 온몸의 모공에서 모든 것이 날아가는 느낌이었다. 이내 땅이 우윳빛 구름과 연기로 가득 덮였다. 그녀는 그제야 정신을 차렸고 그 조그만 것들도 입을 다물었다.

"Akon, Agon!" 그것 중 일부가 그녀에게 말했다.

"아아, 귀여운 보배들." 그녀가 그것들에게 눈을 고정한 채 진흙이 묻은 손가락을 뻗어 그것들의 하얀 얼굴을 만졌다.

"Uvu, Ahaha!" 그것들이 웃었다. 그녀가 이 세상에서 처음으로 보는 웃음이었다. 그래서 그녀도 처음으로 입이 다물어지지 않을 정도로 웃었다.

그녀는 그것들을 어루만지는 한편 계속 만들어나갔다. 만들어진 것들은 그녀의 곁을 에워쌌다. 그러다가 그것들은 점점 멀리 가고 말도 많아졌다. 그녀도 무슨 말인지 점점 알아들을 수 없어 그저 시끄러운 소음으로만 느껴졌고 머리도 어지러웠다.

긴 기쁨에 빠져 있던 그녀지만 일찍부터 피로하긴 했다. 숨도 거의 다 내쉬었고, 땀도 죄다 흘려버렸다. 게다가 머리까지 어지러워 두 눈은 흐릿해지고 양볼도 점점 뜨거워졌다. 아무려면 어때 싶기도 하고 귀찮기도 했다. 하지만 그녀는 쉬지 않고 하던 대로 계속 손을 놀리며 자신도 모르게 그저 그렇게 만들어나갔다.

마침내 허리와 다리가 쑤셔 몸을 일으켰다. 높고, 비교적 반들반들한 산에 몸을 기댔다. 고개를 들어 보니 하늘은 온통 비늘 같은 하얀 구름으로 덮여 있고, 아래쪽은 검정에 가까운 짙은 녹색이었다. 그녀는 어떻게 해야 할지도 모르겠고 내내 마음이 편치 않아 초조하게 손을 뻗었고, 닿는 대로 잡아당기자 산 위에서 하늘 끝까지 자란 등나무가 뽑혔다. 말할 수 없이 커다란 보랏빛 등꽃이 송이송이 피어 있었다. 그녀가 휙 휘두르자 등나무는 땅에 가로로 걸쳐졌고 보랏빛과 흰빛의 알록달록한 꽃잎들이 땅 위로 가득 흩어졌다.

그녀가 다시 손을 내젓자 등나무가 진흙과 물 속에서 몸을 뒤치며 축축한 흙을 튕겼고, 이 흙은 땅에 떨어지자마자 그녀가 만든 것과 같은 작은 것들로 변했다. 그런데 다들 멍청해 보이고 보기 흉해서 역겨웠다. 하지만 그녀는 그런 걸 신경쓸 겨를이 없었다. 그저 재미있기도 하고 지루하기도 해서 짓궂게 손을 내저었고, 갈수록 그 속도를 높였다. 등나무가 진흙을 묻히고 땅에 뒹구는 모습이 마치 끓는 물에 덴 능구렁이 같았다. 등나무에서 폭우처럼 흩뿌려진 진흙은 공중에서 응애응애 우는 작은 것들로 변해 온 땅을 기어다녔다.

그녀는 거의 넋을 잃고 계속 내저었다. 그러나 허리도 아프고 양쪽 팔도 힘이 빠져서 자신도 모르는 사이에 쪼그리고 앉았다. 머리는 높은 산에 기대고 까만 머리카락은 산꼭대기에 걸쳐두었다. 잠시 숨을 헐떡인 뒤 숨을 천천히 내쉬자 두 눈이 감겼다. 그녀 손에서 떨어진 등나무가 몸을 가눌 수 없이 지친 것처럼 축 늘어진 채 땅바닥에 가로누워 있었다.

2

쿵!

하늘이 무너지고 땅이 갈라지는 소리에 여와가 놀라서 깨어났다. 동시에 몸이 동남쪽으로 쭉 미끄러져 내려갔다. 그녀가 다리를 뻗어 멈춰 서려고 했지만 무엇에도 닿지 않았다. 얼른 산봉우

짓궂게 손을 내저었고, 갈수록 그 속도를 높였다.

리 하나를 붙잡고 나서야 더이상 밑으로 미끄러지지 않았다.*

그런데 등뒤에서 물과 모래가 그녀의 머리와 몸을 덮쳐오는 게 느껴졌고 고개를 약간 돌리자 입과 두 귀로 물이 쏟아져들어왔다. 그녀가 얼른 고개를 숙였더니 이번에는 땅이 계속 흔들리는 것만 보였다. 다행히 흔들림이 잦아들었고 그녀는 뒤로 조금 물러나 몸을 추스르고 앉았다. 그제야 손으로 이마와 눈가의 물기를 훔쳐내고 무슨 일이 벌어졌는지 자세히 살펴보았다.

상황을 정확하게 알 수는 없었지만 곳곳에 물이 폭포수처럼 흐르고 있었다. 마치 바닷속인 듯, 몇 군데에서는 날카로운 파도가 일었다. 그녀는 그저 멍하니 기다리는 수밖에 없었다.

마침내 안정이 찾아왔다. 큰 파도라봐야 이전의 산보다는 높지 않아서 육지였던 듯한 곳에는 뾰쪽한 바위들이 솟았다. 그녀가 바다를 바라보니 몇몇 산이 세차게 떠다니거나 큰 파도 속에서 소용돌이치고 있었다. 그녀는 그 산들에 발을 부딪힐까봐 손을 뻗어 산들을 집어들었다. 산허리를 보니 지금껏 본 적 없는

---

* 이 부분은 전한시대의 저술 『회남자』에 나오는 전설을 토대로 하고 있다. 신화 속 인물인 공공과 전욱이 임금 자리를 두고 싸우다가 공공이 화가 나 부주산에 몸을 부딪는 바람에 하늘을 받치고 있던 기둥이 무너지고 땅이 갈라졌다. 하늘은 서북쪽으로 기울어 해, 달, 별이 다 그쪽으로 이동하고 땅은 동남쪽이 비어서 물, 쓰레기가 그곳으로 모여들었다는 이야기를 토대로 한다.

무수히 많은 것들이 엎드려 있었다.

그녀는 손을 오므려 산을 가까이 끌어다가 자세히 보았다. 그 작은 것들 옆에는 토사물이 낭자했는데 꼭 금가루, 옥가루* 같았고, 잘게 씹힌 소나무와 잣나무 잎과 물고기도 섞여 있었다. 그들이 천천히 잇달아 고개를 들기 시작했다. 여와는 눈을 크게 뜨고서야 이것들이 자기가 만들었던 조그만 것들임을 깨달았다. 이상하게 생긴 이 조그만 것들은 무엇인가로 몸을 감쌌고 몇몇은 얼굴 아래쪽에 하얀 털이 났는데 바닷물에 엉겨서 그 털들이 뾰족한 백양나무 잎처럼 붙어 있었다.

"아아, 아!" 그녀가 의아함과 두려움에 소리를 질렀다. 그녀의 피부에는 송충이를 만진 듯 소름이 돋았다.

"도사님! 살려주세요……" 얼굴 아래쪽에 하얀 털이 난 것이 고개를 들고 토하면서 떠듬떠듬 말했다. "살려주세요…… 신들은…… 선술仙術을 배우고 있습니다. 괴겁壞劫이 도래해 천지가 무너질 줄 어찌 알았겠습니까. 이제 다행히…… 도사님을 만났으니…… 미천한 목숨을 살려주십시오. 그리고 선약仙藥을 베풀어…… 선……" 그리고 그가 고개를 들었다 내렸다 하면서 이상한 행동을 하였다.

---

* 도교의 도사들은 금이나 옥가루를 먹으면 장생불사한다고 여겼다.

그녀는 망연히 이렇게 말할 수밖에 없었다. "뭐라고 했느냐?"

그들 중 여러 명이 함께 입을 벌렸고, 다들 토하며 "도사님, 도사님"을 외칠 뿐이었고, 이어 이상한 동작을 했다. 그녀는 이들 때문에 귀찮기도 하고 괜히 산을 끌어당겨서 도무지 종잡을 수 없는 화를 자초했다는 후회도 들었다. 생각이 복잡해진 그녀가 주위를 둘러보는데, 커다란 거북떼가 바다에서 노는 모습이 보였다. 그녀는 자신도 모르게 너무 기뻐서 그 산들을 거북 등에 얼른 싣고서 "이것을 평온한 곳으로 좀 싣고 가다오!"라고 부탁했다. 큰 거북들이 고개를 끄덕이는가 싶다가 무리를 지어 멀리 싣고 갔다.* 그런데 아까 산을 너무 세게 끌어당긴 나머지 얼굴에 하얀 털이 있는 하나가 산에서 떨어졌다. 그는 따라가지도 못하고 헤엄도 칠 줄 몰라서 해변에 엎드려 자기 뺨을 때리고 있었다. 여와는 그가 불쌍했지만 내버려두었다. 그런 일에 신경쓸 겨를이 없었기 때문이다.

숨을 한 번 천천히 내쉬고 나자 마음이 다소 가벼워졌다. 시선을 돌려 주변을 둘러보니 흐르던 물은 이제 많이 빠졌고 곳곳에

---

* 『열자』에 나오는 얘기다. 발해(渤海) 동쪽에 다섯 개의 산이 있는데 그 산의 뿌리들이 연결되어 있지 않아서 파도를 따라 늘 움직였고 신선이 이를 싫어해 상제에게 말하자 상제가 성현들의 거처가 사라질까 우려하여 큰 거북 열다섯 마리가 산을 싣고 가게 했다.

흙과 돌이 넓게 드러났다. 돌 틈 사이에 무언가가 많이 껴 있었는데, 어떤 것은 곧추섰고, 어떤 것은 움직였다. 그녀가 흘깃 보니 그중 하나가 곁눈질로 멍하니 그녀를 보고 있었다. 온몸을 쇳조각으로 감쌌고 얼굴은 낙담하고 무서워하는 기색이었다.

"대체 무슨 일이냐?" 그녀가 지나가듯 물었다.

"아아, 하늘이 무너졌습니다." 슬프고도 불쌍하게 말했다. "전욱이 무도하여 우리 군주를 반역했고, 우리 군주께서 친히 천벌을 내리려 도성 밖에서 싸웠으나 하늘이 덕이 있는 자를 돕지 않아 우리 군사가 후퇴하고……"

"뭐라 하였느냐?" 그녀가 들어본 적이 없는 몹시 이상한 이야기였다.

"우리 군사가 후퇴하여 군주께서 자신의 머리로 부주산을 받아 하늘 기둥이 무너지고, 땅의 줄이 끊어졌고* 우리 군주께서도 운명하셨습니다. 오호! 참으로……"

"그만 됐다. 무슨 말인지 난 모르겠구나." 그녀는 고개를 돌렸다. 이번에는 기뻐하면서 우쭐거리고 있는 다른 얼굴이 눈에 들어왔다. 역시 온몸을 쇳조각으로 잔뜩 싸고 있었다.

---

* 중국의 고대인들은, 하늘은 아홉 개의 기둥이 받치고 있는 둥근 모양이며, 땅은 네 개의 줄이 사방을 두른 사각형이라고 생각했다.

"대체 무슨 일이냐?" 그녀는 그제야 그 작은 것들이 여러 가지 다른 얼굴로 변했음을 깨닫고는 아까와 달리 알아들을 만한 대답을 들을 수 있을지도 모른다고 생각했다.

"인심이 옛날 같지 않아 강회康回*가 참으로 탐욕스러워 천자의 자리를 넘보았고, 우리 군주께서 친히 천벌을 내리려 도성 밖에서 싸우셨습니다. 하늘이 진실로 덕이 있는 자를 도왔으니, 우리 군사에 대적할 자가 없었던 고로 강회는 부주산에서 패망했습니다."

"뭐라고?" 그녀는 여전히 못 알아듣는 것 같았다.

"인심이 옛날 같지 않아……"

"됐어, 됐다. 또 그 이야기냐!" 그녀가 금세 양볼이 귀밑까지 붉어지도록 화를 내며 황급히 고개를 돌려 다른 곳을 살폈다. 쇳조각으로 감싸지 않은 것을 겨우 발견했는데 벌거벗은 몸에 상처가 나 피를 흘리고 있고 허리에만 겨우 누더기를 두르고 있었다. 그것이 막 옆에 있는 곧추서 있는 것의 허리에서 누더기를 풀어 얼른 자기 허리에 멘 참인데, 신색이 수수해 보였다.

그녀는 그가 쇳조각을 두른 것들과 다른 부류라고 여기고는 무슨 실마리를 찾을 수 있으리라 싶어서 물었다.

---

* 공공의 이름.

"무슨 일이 벌어진 것이냐?"

"무슨 일이 벌어진 거지요." 그가 살짝 고개를 들며 말했다.

"아까 일어난 일이?"

"아까 일어난 일요?"

"싸움이 났느냐?" 그녀는 하는 수 없이 스스로 짐작할 수밖에 없었다.

"싸움이 났어요?" 도리어 그가 물었다.

여와는 한숨을 내쉬며 고개를 들어 하늘을 보았다. 하늘에는 아주 깊고도 넓은 금이 가 있었다. 그녀가 일어서서 손톱으로 한 번 튕겨보니, 전혀 맑은 소리가 나지 않았다. 마치 그릇이 깨지는 소리 같았다. 그녀는 미간을 찌푸리며 주위를 돌아보고 나서 다시 생각했다. 그러고는 머리칼의 물을 짜내고 반으로 갈라 양쪽 어깨로 늘어뜨린 뒤 정신을 가다듬고 여기저기서 갈대를 뽑았다. '먼저 고치고 보자'고 생각을 정한 것이다.

그녀는 그때부터 밤낮없이 갈대를 쌓았고 갈대 더미가 높아갈수록 그녀는 말라갔다. 지난번보다 상황이 좋지 않은 탓이었다. 위로 올려다보면 일그러지고 찢긴 하늘이고 아래를 내려다보면 엉망으로 갈라진 땅이니, 감상하며 즐길 만한 게 조금도 없었다.

갈대 더미가 하늘의 갈라진 틈까지 닿자 그녀는 파란 돌을 찾으러 갔다. 원래는 하늘 색깔과 똑같은 파란색 돌을 쓰려고 했지만 땅에 그렇게 많은 돌이 없었고, 그렇다고 큰 산을 쓰자니 아까웠다. 간혹 사람들이 붐비는 곳에 가서 자잘한 돌조각을 주울 때는 보는 이들이 비웃고 욕하거나 빼앗아가기도 하고, 심지어 그녀의 손을 물기도 했다. 그녀는 어쩔 수 없이 하얀 돌을 섞었고, 그래도 모자라자 불그스름한 돌과 거무스름한 돌도 모았다. 그러고 나니 어쨌든 갈라진 틈이 아쉬운 대로 메워졌고 불을 붙여 녹이기만 하면 일이 끝나는 셈이었다. 그런데 그녀는 피곤하여 눈이 침침하고 귀가 윙윙거려서 버티고 서 있을 수가 없었다.

"아아, 내가 이렇게 따분한 건 처음이구나." 그녀는 산 정상에 앉아 두 손으로 머리를 감싸고 숨을 거칠게 몰아쉬면서 말했다.

그때, 곤륜산*의 고목 숲에 난 큰 불이 아직 진화되지 않아서 서쪽 하늘이 온통 붉었다. 그녀가 서쪽을 힐끔 보고는 거기서 불타고 있는 나무를 가져와 갈대 더미에 불을 붙여야겠다고 마음먹었다. 손을 뻗으려는데 뭔가가 발가락을 찌르는 게 느껴졌다.

그녀가 아래를 보자 전에 만들었던 작은 것인데 모양이 또 달랐다. 무슨 천 같은 것을 온몸에 겹겹이 걸치고 허리에도 여남은 가닥의 천을 따로 둘렀다. 머리에는 알 수 없는 뭔가를 썼고 그

* 중국의 신화나 전설에는 여러 낙원이 등장하는데, 그중에서도 가장 영험이 강한 신선들의 땅이라 일컬어지는 곳이다.

꼭대기에 까맣고 작은 네모 판자를 얹었다.* 손에 무슨 물건을 들었는데 그녀의 발가락을 찌른 게 바로 그것이었다.

머리에 네모 판자를 얹은 그것은 하필이면 여와의 두 다리 사이에 서서 위를 쳐다보다가, 그녀와 눈이 마주치자 눈길을 피하더니 얼른 그 조그만 것을 건넸다. 그녀가 받아들어보니 아주 반질반질하고 푸른 대나무 조각이었다. 그 위에 두 줄로 까만 작은 점들이 있었는데, 참나무 잎의 검은 반점보다 훨씬 작았다. 그녀는 이렇게 정교하게 만든 손재주가 감탄스러웠다.

"이게 무엇이냐?" 그녀가 호기심을 참지 못하고 결국 물었다.

네모 판자를 이고 있는 것이 대나무 조각을 가리키며 외우듯이 술술 말하였다. "벌거벗고 음탕한 것, 덕을 잃고 예를 능멸하고 도를 무너뜨리는 것, 이는 금수가 행하는 바라. 나라에 형벌이 있어, 이를 금하노라!"

여와는 그 작은 네모 판자를 쳐다보며 자신이 별 소용 없는 질문을 했다고 속으로 웃었다. 이런 것들과 말을 해도 통하지 않겠다고 생각한 그녀는 더이상 말을 하지 않았다. 이내 팔을 뻗어 대나무 조각을 그 머리 위의 네모 판자에 올려놓고는, 팔을 거두

* 중국의 고대 제왕과 제후는 머리 위에 네모난 장식판을 썼다. 작가는 이를 '머리에 네모 판자를 얹었다'고 표현하였고, 앞서 「서문」에서 '옛날 의관을 차려입은 작은 사내'라고 한 것은 바로 이들을 가리킨다.

“벌거벗고 음탕한 것, 덕을 잃고 예를 능멸하고 도를 무너뜨리는 것,
이는 금수가 행하는 바라. 나라에 형벌이 있어, 이를 금하노라!”

며 화재가 난 숲에서 불타고 있는 큰 나무를 하나 뽑아 갈대 더미에 불을 붙이려 했다.

그런데 문득 '흑흑' 하는, 전에 들어본 적 없는 소리가 들렸다. 그녀가 밑을 내려다보니 네모 판자 아래에 있는 작은 눈에 겨자씨보다도 작은 눈물이 두 방울 맺혀 있는 게 보였다. 하지만 그녀는 지금 이 소리가 전에 들어 귀에 익은 'nga nga' 하는 울음소리와 완전히 달라 이 역시 울음소리임을 알지 못했다.

그녀가 불을 붙였다. 그것도 한 군데에 그치지 않았다.

불길이 세지 않았지만 갈대가 덜 말라 탁탁 소리를 내며 오래오래 탔고, 마침내 수많은 불길이 혀를 내밀어 날름날름 위쪽을 태워갔다. 그리고 다시 얼마가 지나 불길이 서로 합쳐져 겹꽃이 되었다가, 불기둥을 이루었는데, 그 붉은 기운이 곤륜산 위의 붉은빛을 압도하였다. 그러다 갑자기 세찬 바람이 일자 불기둥이 소용돌이치면서 울부짖었고, 파란 돌과 여러 색깔의 돌이 죄다 빨갛게 되어 하늘의 균열된 틈새로 엿가락처럼 흘러들어갔다. 꼭 꺼지지 않는 번개 같았다.

바람과 불기운에 그녀의 머리카락이 사방으로 흩어지며 회오리쳤고 땀이 폭포처럼 쏟아졌다. 커다란 불빛이 그녀의 몸을 환히 비춰 마지막으로 우주를 붉은빛으로 물들였다.

불기둥이 점점 위로 치솟았고 곧 갈대 잿더미만 남았다. 그녀

커다란 불빛이 그녀의 몸을 환히 비춰 마지막으로 우주를 붉은빛으로 물들였다.

는 하늘이 온통 파란색으로 변하고 나서야 손을 뻗어 한번 만져 보았다. 손가락 끝에 닿는 느낌이 아직은 울퉁불퉁했다.

'기운을 차려서, 다시 해보자……' 그녀는 혼자 생각했다.

그래서 그녀는 허리를 굽혀 갈대 재를 한 움큼씩 땅 위의 큰 물에 넣어 메웠다. 재가 아직 다 식지 않은 탓에 물이 부글부글 용솟음치면서 잿물이 그녀의 온몸에 튀었다. 세찬 바람도 그칠 기미 없이 재를 날려 그녀 얼굴이 재투성이가 되어버렸다.

"후!" 그녀가 마지막 숨을 내쉬었다.

하늘가 핏빛 구름 사이로 태양이 사방으로 빛을 뿌렸다. 마치 황금 구슬이 태고의 용암 속에서 구르는 것 같았다. 한편, 하늘의 다른 한쪽에는 쇠처럼 차갑고 하얀 달이 있었다. 무엇이 뜨고 무엇이 지는지 알 수 없었다. 그때, 자신의 모든 것을 소진해버린 그녀의 육체가 그 사이에 누웠고, 더이상 숨을 쉬지 않았다.

온 세상에 죽음보다 더한 적막만 남았다.

3

어느 날, 날이 몹시 추운데 떠들썩한 소리가 들렸다. 마침내 금위군이 들이닥쳤다. 그들은 불빛과 연기가 보이지 않을 때까지 기다리느라 이제야 온 것이다. 왼쪽에 있는 이들은 노란 도끼를, 오른쪽에 있는 이들은 까만 도끼를 들었고 뒤쪽에 있는 이들은 커다랗고 오래된 깃발을 들었다. 살금살금 몸을 숨겨가며 여와의 시신 곁으로 진격해왔지만 여와에게서는 아무런 움직임도 없었다. 그들은 시신의 배 위에 진을 쳤다. 그곳이 지방이 가장 많아서였다. 그런 곳을 찾아 고르는 것을 보면 그들은 영리했다. 그런데 그들이 갑자기 태도를 바꾸어 자신들이야말로 여와의 적통이라고 말하면서 큰 깃발의 과두 문자*를 '여와씨의 내장'으로 바꾸어 썼다.**

해변에 떨어졌던 늙은 도사는 여러 세대를 살았다. 죽을 무렵에야 선산***을 거북의 등에 실어 바다로 보냈다는 이야기를 제자들에게 전했고, 제자들은 다시 그 이야기를 자신의 제자들에게 전하였다. 훗날 어떤 점성술사가 진시황에게 잘 보이려고 그것을 말하였고, 진시황은 점성술사더러 선산을 찾아오라 했다.

점성술사는 선산을 찾지 못하였고 진시황은 결국 죽었다. 한무제도 찾아오라고 했지만 역시 그림자조차 없었다.

---

* 고대 문자로, 머리가 크고 꼬리가 가늘어 올챙이(蝌蚪) 같아서 붙은 이름이다.

** 『산해경』 「대황서경」에 나오는 이야기에 근거한 것으로, 여와의 창자가 변해서 열 명의 신이 되었다는 내용이다.

*** 신선들이 산다는 전설 속의 산.

아마 큰 거북들은 여와의 말을 알아듣지 못했을 것이다. 그저 그때 우연히 고개를 끄덕였을 뿐일 테다. 생각 없이 한동안 지고 가다가 다들 흩어져 잠이 들었을 것이고 선산도 그때 가라앉았을 것이다. 그래서 지금까지 반쪽짜리 선산조차 본 사람이 아무도 없고, 기껏해야 인적 없는 섬이나 몇 개 발견했을 뿐이다.

1922년 11월 씀.

달로 달아나다

奔月

1

영리한 가축은 확실히 사람의 마음을 읽을 줄 안다. 집 대문이 보이자 그 말이 발걸음을 늦추었고, 등에 탄 주인에 맞추어 고개를 숙였다. 한 걸음마다 한 번씩 머리를 꾸벅이는 것이 마치 방아를 찧는 것 같았다.

저녁 안개가 저택을 뒤덮었고 이웃집에서는 밥 짓는 검은 연기가 피어올랐다. 저녁밥 때가 된 것이다. 집안 무사들이 말굽소리를 듣고 일찌감치 맞으러 나와서 공손히 손을 모아 내리고 대문 앞에 바르게 서 있었다. 예羿*가 쓰레깃더미 옆으로 다가가 천천히 말에서 내렸다. 집안 무사들이 그의 고삐와 채찍을 받아들었

말이 발걸음을 늦추었고, 등에 탄 주인에 맞추어 고개를 숙였다.

다. 그는 막 대문을 들어서려다 고개를 숙여 허리에 찬 화살통에 가득찬 새 화살과 그물 망태에 든 까마귀 세 마리, 화살에 맞아 거덜난 참새 한 마리를 쳐다보았다. 무척 망설여졌다. 하지만 끝내 눈을 딱 감고 안으로 성큼성큼 들어갔다. 화살이 통에서 덜그럭거렸다.

안마당에 이르자, 항아嫦娥[**]가 둥근 창으로 내다보는 모습이 보였다. 항아는 눈썰미가 좋으니 분명히 벌써 까마귀를 보았을 터였다. 예는 자신도 모르게 움찔하여 걸음조차 잠시 멈칫했다. 하지만 들어갈 수밖에 없었다. 여자 하인들이 마중나와 활과 화살을 받고 그물 망태를 풀어주었다. 그들이 비웃는 것처럼 느껴졌다.

"부인……" 예가 손과 얼굴을 닦고 안방으로 들어가며 아내를 불렀다.

둥근 창밖으로 저무는 해를 보고 있던 항아가 천천히 고개를 돌렸다. 그를 한번 쳐다볼 뿐 아무 대답이 없었다.

예는 이제 일 년 남짓 이어져온 이런 상황에 익숙해졌다. 그는

---

* 중국 고대 전설에 나오는 인물. 옛날에 하늘에 갑자기 열 개의 해가 나타나 곡식 등이 말라죽게 되자 예가 화살을 쏘아 아홉 개의 해를 떨어뜨렸다고 한다.

** 신화 속 인물로, 『회남자』 「남명훈」에 "예가 서왕모에게서 불사의 약을 받았는데, 항아가 훔쳐서 달로 달아났다"고 나와 있다.

여느 때와 다름없이 가까이 가서 털이 빠진 낡은 표범 가죽이 깔린 맞은편 나무 침상에 앉아 머리를 긁적이며 우물거렸다.

"오늘도 운이 좋지 않아서, 까마귀만……"

"흥!" 항아가 버들눈썹을 치켜세우며 갑자기 일어나더니, 바람처럼 밖으로 나가면서 투덜거렸다. "또 까마귀 짜장면이야. 또 까마귀 짜장면! 어디 가서 물어봐요. 어느 집이 일 년 내내 까마귀 짜장면만 먹는지? 이런 집에 시집와서 일 년 내내 까마귀 짜장면만 먹고 있으니, 내가 무슨 팔자를 타고났는지 정말 모르겠다니까."

"부인!" 예가 얼른 일어나 뒤를 따라가며 작은 목소리로 말했다. "그래도 오늘은 그나마 괜찮았소. 참새도 한 마리 잡았으니 당신한테 요리를 해줄 수 있소. 여신아!" 그가 소리쳐 여자 하인을 불렀다. "참새를 가져와 마님께 보여드리거라!"

사냥해 온 것은 벌써 주방에 있었다. 여신이 달려가 들고 와서는 두 손으로 받쳐들고 항아의 눈앞에 보여주었다.

"흥!" 항아가 힐끔 보고는 천천히 손으로 건드려보다 언짢다는 듯이 말했다. "완전히 뭉개졌네! 죄다 조각조각 거덜났잖아요? 살이 어디 있어?"

"그렇게 됐어요." 예는 그 기세가 두려웠다. "화살에 맞아 거덜난 거요. 내 활이 너무 세고, 화살촉도 너무 커서요."

"좀 작은 화살촉을 쓰면 안 돼요?"

"난 작은 게 없어요. 큰 돼지와 큰 뱀을 잡은 뒤로*……"

"이게 큰 돼지고 큰 뱀이에요?" 그녀가 말하면서 고개를 돌려 하인에게 "탕이나 만들어라!" 하고는 방으로 들어가버렸다.

예는 멍하니 대청에 남아 벽에 기대어 앉아서 부엌에서 땔감이 터지듯 타는 소리를 듣고 있었다. 그는 생각했다. 그해 잡은 돼지는 얼마나 컸던지 멀리서 보면 작은 언덕만했다. 그때 죽이지 않고 지금까지 남겨두었으면 육 개월은 족히 먹을 수 있을 텐데. 날마다 먹을 것 걱정할 필요도 없고. 큰 뱀도 있었다면 탕을 만들어 먹을 수 있으련만……

여을이 등을 가져왔다. 흐릿한 불빛 아래 맞은편 벽에 걸린 붉은 활과 붉은 화살, 검은 활과 검은 화살, 쇠뇌, 장검, 단검이 보였다. 예는 그것들을 보고는 고개를 숙이며 한숨을 쉬었다. 여신이 저녁밥을 가져와 가운데 있는 탁자에 놓았다. 왼쪽은 면 다섯 그릇, 오른쪽은 면 두 그릇과 탕 한 그릇, 그리고 가운데는 까마귀 고기로 만든 짜장이었다.

짜장면을 먹는데 예가 생각해도 맛이 없었다. 힐끔 항아를 보

* 『회남자』 「본경훈」에 요임금 시절 큰 돼지와 큰 뱀이 나와 백성들에게 해를 입히자 요임금이 예를 시켜 잡았다고 나와 있다.

니 그녀는 짜장은 아예 쳐다보지도 않고 탕에만 면을 말아 반 그릇쯤 먹고는 내려놓았다. 그녀의 얼굴이 전보다 누렇고 야윈 것 같아서 예는 그녀가 병이라도 날까봐 걱정되었다.

이경*이 되자 그녀가 조금 누그러졌는지 말없이 침상 가장자리에 앉아 물을 마셨다. 예는 옆의 나무 침상에 앉아서 털 빠진 낡은 표범 가죽을 쓰다듬었다.

"참," 예가 나긋하게 말했다. "이 서산의 표범은 우리가 결혼하기 전에 잡은 거지. 그때는 정말 멋있었는데. 온통 황금빛이었고." 그렇게 예는 예전에 사냥했던 것들을 떠올렸다. 곰은 발바닥 네 개만 먹었고, 낙타는 혹만 남겨두고 나머지는 여자 하인들과 집안 무사들에게 하사했다. 큰 동물들을 다 잡고 난 뒤에는 멧돼지, 토끼, 꿩을 잡았다. 잡는 기술도 뛰어나서 원하는 만큼 잡았었다. "참." 예가 자신도 모르게 한숨을 쉬었다. "내 활솜씨가 정말 기가 막혀서 한 마리도 남겨두지 않고 다 잡아버렸죠. 까마귀만 남아 요리해서 먹을 줄 미처 예상도 못하고……"

"흥." 항아가 슬몃 웃었다.

"오늘은 그래도 운이 좋았어요." 예도 기분이 좋아졌다. "뜻밖에 참새도 한 마리 잡았잖아요. 삼십 리 밖에까지 가서 잡은 거

* 하룻밤을 다섯으로 나눈 둘째 부분으로 밤 아홉시부터 열한시 사이이다.

라고요."

"좀더 멀리까지 가보면 안 돼요?"

"맞소, 부인. 내 생각도 그렇소. 내일은 좀 일찍 일어나야겠어요. 당신이 일찍 일어나면 날 좀 깨워줘요. 오십 리 밖까지 나가 보겠소. 노루나 토끼가 있는지 보게. ……하지만, 힘들 것 같아요. 큰 돼지와 큰 뱀을 잡을 때만 해도 들짐승들도 참 많았는데. 당신도 기억할 거요. 장모님 집 앞에 흑곰이 자주 나타나서 내가 여러 번 잡으러 가기도 했고……"

"그랬어요?" 항아는 잘 기억이 나지 않는 모양이었다.

"지금 이렇게 사냥감이 하나도 없을 줄 누가 예상이나 했겠소. 정말 앞으로 어떻게 살아갈지 모르겠소. 난 그래도 괜찮아요. 도사가 준 금단만 먹으면 하늘로 날아갈 수 있으니까. 무엇보다 당신을 위해 방편을 마련해야 해요. 그래서…… 내일은 좀 먼 곳까지 가볼 생각이오."

"흠." 항아가 물을 다 마시고 천천히 눕더니 눈을 감았다.

꺼져가는 등불이 그녀의 지워진 화장을 비추었다. 분이 조금 지워져 눈가는 누르스름했고 눈썹의 검은색도 양쪽이 달라 보였다. 그래도 입술은 여전히 불처럼 붉었다. 볼에는 웃지 않아도 오목한 보조개가 패여 있었다.

"아아, 이런 사람에게 일 년 내내 까마귀 짜장면이나 먹이고 있으니……" 예는 생각하다가 죄책감에 양볼이 귀밑까지 붉어졌다.

2

하룻밤이 지나고 다음날이 되었다.

예가 문득 눈을 떴다. 서쪽 벽에 비스듬히 비친 한줄기 햇빛만 보고도 시간이 꽤나 됐다는 것을 알았다. 항아를 보니 여전히 팔다리를 쭉 뻗고 깊이 잠들어 있었다. 예는 살그머니 옷을 걸치고 표범 가죽 침상에서 내려와 살금살금 방을 나왔다. 세수를 하면서 여경을 불러 왕승더러 말을 준비하도록 일렀다.

일이 바빴던 예는 오래전부터 아침을 먹지 않았다. 여을이 찐빵 다섯 개와 파 다섯 뿌리 그리고 매운 콩장 한 봉지를 그물 망태에 넣어주고 활과 화살도 허리에 메어주었다. 예는 허리띠를 바짝 조이고는 가벼운 걸음으로 안채를 나오면서 맞은편에서 들어오고 있는 여경에게 말했다.

"오늘 사냥감을 찾아 멀리 가볼 생각이니 좀 늦을 것이다. 마님 깨어나셔서 아침 드신 뒤 기분이 좋아 보일 때, 네가 말씀 올리거라. 정말 죄송하지만, 저녁밥은 좀 기다려달라고. 알겠니?

'정말 죄송하지만'이라고 말씀드려야 한다."

예는 성큼 문을 나서 말에 올랐다. 도열한 집안 무사들을 뒤로 하고 어느새 마을을 벗어났다. 날마다 다녀서 익숙한 수수밭이 앞에 펼쳐졌다. 그는 그쪽으로는 조금도 신경쓰지 않았다. 그곳에는 아무것도 없음을 일찍이 알고 있었다. 채찍을 휘두르며 곧장 나는 듯이 앞을 향했고, 단숨에 육십 리 가량을 달렸다. 멀리 무성한 숲이 보였다. 말도 숨을 헐떡이고 온몸이 땀투성이가 되어 걸음이 자연스레 느려졌다. 십여 리쯤을 더 가서야 숲에 다다랐다. 하지만 온통 벌과 나비, 개미, 메뚜기만 보일 뿐 짐승 흔적은 하나도 없었다. 이 새로운 곳을 멀리서 바라보았을 때는 적어도 여우나 토끼쯤은 한두 마리 있겠거니 했다. 그런데 헛된 생각이었다. 할 수 없이 숲 주변을 돌아보는데 그 뒤쪽에도 푸른 수수밭만 보였고, 멀리 작은 흙집들이 흩어져 있는 모습만 보였다. 바람과 햇살은 따뜻했고, 주변은 쥐죽은듯 조용했다.

"재수없군!" 그는 크게 소리를 지르며 화풀이를 했다.

그런데 다시 앞으로 여남은 걸음쯤 갔을 때 갑자기 기분이 환해졌다. 멀리 보이는 흙집의 바깥 평지에 커다란 비둘기처럼 보이는 날짐승 한 마리가 먹이를 쪼고 있었다. 그는 서둘러 활을 잡고 화살을 메겨 시위를 바짝 당겼다. 손을 놓자 화살이 유성처럼 날아갔다.

의심할 것도 없이, 늘 그랬듯 명중이었다. 말을 달려 화살이 날아간 곳으로 가기만 하면 사냥감을 손에 넣을 수 있을 테다. 가까이로 다가가자 뜻밖에도 어떤 노파가 화살 맞은 큰 비둘기를 들고서 소리를 치며 그의 말 머리 쪽으로 쫓아왔다.

"당신 누구요? 왜 우리집에서 제일 귀한 검정 암탉을 쏴죽인단 말이오? 어떻게 이런 장난을 칠 수 있소?"

예는 자신도 모르게 가슴이 뛰어 말고삐를 꼭 잡았다.

"어이구! 닭이군요? 난 산비둘기인줄 알았어요." 예가 당황하며 말했다.

"당신 눈이 멀었소! 보아하니 마흔 남짓밖에 안 되어 보이는데."

"맞아요, 할머니. 작년에 마흔다섯 살이었어요.*"

"완전히 나이를 헛먹었구먼! 암탉도 못 알아보고 산비둘기라니! 당신 대체 누구요?"

---

* "작년에 마흔다섯 살이었어요"와 이어지는 내용에서 예가 봉몽에게 "내게 백 번을 와서 배우고도 헛배웠어"라고 한 말 등은 루쉰과 그의 제자 가오창훙 사이에 일어난 갈등을 풍자한 내용이다. 루쉰은 가오창훙을 안 뒤 많은 지도를 하고, 그를 자신이 주관하는 잡지에 필자로 소개하기도 했다. 그런데 가오창훙이 루쉰을 팔고 다니는가 하면 비방하기도 했다. 여기서 예와 봉몽의 관계는 루쉰과 가오창훙의 관계를 암시한다. 가오창훙은 「1925년 베이징 출판계의 지형 지도」라는 글에서 나이를 가지고 존경하거나 하대하는 것은 낡은 인습이라면서 "루쉰은 지난해 겨우 마흔다섯 살이었다"고 했다.

"저는 이예라고 합니다." 예는 말하면서 자신이 쏜 화살을 보았다. 정통으로 암탉의 심장을 뚫었고, 암탉은 당연히 죽었다. 예는 자신의 이름을 얼버무리면서 말에서 내려왔다.

"이예? 누군데? 난 모르는데." 노파가 그의 얼굴을 보며 말했다.

"어떤 사람들은 들으면 바로 알지요. 요임금 때 제가 멧돼지를 여럿 쏴죽이고, 뱀도 여러 마리……"

"허헛, 사기꾼 같으니라고! 그건 봉몽* 나리가 다른 동료들하고 쏴죽인 거야. 당신도 그 사람들 틈에 있었나본데, 당신 혼자 했다니, 진짜 창피한 줄 모르네!"

"아아, 할머니, 봉몽 그 사람은 요 몇 년 사이에 우리집에 몇 번 왔던 사람일 뿐, 제 동료도 아니고 전혀 상관없는 사람이에요."

"거짓말. 요즘 들어 사람들이 자주 얘기하던데. 내가 한 달 새 네다섯 번이나 들었다고."

"어쨌든 됐습니다. 우리 일이나 이야기하지요. 이 닭을 어쩔까요?"

"물어내야지. 우리집에서 가장 좋은 암탉이라고. 알을 날마다

---

* 예의 제자로 전해지는 전설 속 인물. 활 쏘는 능력이 스승인 예와 같은 경지에 도달하자 예를 죽이려고 했지만 실패했다고 한다. 『맹자』「이루」편에서는, "봉몽은 예에게 활쏘기를 배웠다. 예의 기술을 다 배우자 천하에 오직 예만이 자기보다 낫다고 여겨서, 예를 죽였다"라고 기록한다.

낳았는데. 호미 두 자루하고 방추紡錘 세 개로 물어내라고."

"할머니, 제 차림새를 보세요. 농사도 안 짓고 베를 짜지도 않는데 호미랑 방추가 어디 있겠어요. 가진 돈도 없고요. 찐빵 다섯 개뿐인데 그래도 밀가루로 만든 거니까 이걸로 닭값을 변상할게요. 파 다섯 뿌리하고 매운 콩장도 얹어드리지요. 어떠세요?" 그가 한 손으로 그물 망태에서 빵을 꺼내면서 다른 손을 뻗어 닭을 집었다.

하얀 밀가루 빵을 본 노파가 마음이 동했다. 그런데 열다섯 개를 달라고 했다. 협상 끝에 겨우 열 개로 정했다. 늦어도 내일 정오까지 가져다주기로 하고, 닭을 쏘았던 화살촉을 저당잡혔다. 예는 그제야 마음을 놓고 죽은 닭을 그물 망태에 집어넣고 안장에 올라 말을 돌려서 떠났다. 배는 고팠지만 마음은 기뻤다. 식구들이 닭고기 탕을 먹어본 지가 일 년도 더 되었다.

그가 숲을 돌아나왔을 때는 아직 오후였다. 서둘러 집을 향해 말에 채찍질을 했다. 하지만 말도 지쳐서 늘 다니던 수수밭 부근에 이르렀을 즈음에는 벌써 해가 지고 있었다. 그때 맞은편 멀리서 사람 그림자 하나가 반짝 보이고, 순식간에 화살이 날아들었다.

예는 말고삐를 당기지 않고 그대로 달리게 내버려둔 채, 활을 당겨 화살을 쟀다. 화살을 놓자마자 쨍하는 소리가 들리더니 화살 끝이 상대의 화살 끝에 정확하게 맞아 공중에서 불꽃이 일었고, 두 화살은 치솟아 사람 인자를 만든 뒤 뒤집혀서 땅에 떨어졌다. 첫번째 화살이 서로 부딪치는 순간 양쪽에서 두번째 화살이 다시 날았고, 또 쨍하는 소리를 내며 공중에서 부딪쳤다. 그렇게 아홉 발을 쏘자, 예는 이제 남은 화살이 없었다. 그런데 그때 봉몽이 우쭐거리며 앞에 선 모습이 보였고, 활시위에 걸린 화살 한 발이 예의 목을 겨누고 있었다.

'하하, 일찍이 바다로 물고기를 잡으러 간 줄 알았는데, 아직도 이런 곳에서 수작이나 벌이고 있었구나. 그 노파가 그런 말을 할 만도 하지……' 예는 생각했다.

눈 깜짝할 사이에, 맞은편 보름달 같은 활에서 유성 같은 화살이 피융 소리와 함께 예의 목을 겨눠 날아왔다. 조준이 어긋났나 싶었지만, 예의 입을 정확히 맞혔다. 예가 휘청하다 화살과 함께 말에서 굴러떨어졌다. 말도 멈춰 섰다.

봉몽은 예가 죽은 걸 보고는 천천히 다가와서 미소를 지으며 그의 죽은 얼굴을 바라보았다. 승리의 고량주라도 한잔하듯이.

자세히 들여다보려는 순간, 예가 눈을 뜨고 갑자기 벌떡 일어나 앉았다.

"내게 백번을 와서 배우고도 헛배웠구나." 예가 화살촉을 뱉고는 웃으며 말했다. "내 설촉술*도 모른단 말이냐? 그래서야 되겠느냐. 이런 장난을 하면 못쓴다. 몰래 훔쳐간 권법으로는 그

주인을 죽이지 못하는 법, 스스로 단련해야 한다."

"무릇 그 사람의 방법으로 그 사람에게 돌려주는 법……" 승자가 목소리를 깔고 말했다.

"하하하!" 예가 큰 소리로 웃으며 일어섰다. "또 옛말을 인용하는구나. 그런 말은 노인네한테나 통하지 내 앞에서 무슨 수작이냐? 나는 지금까지 사냥만 해왔지 너처럼 강도 같은 짓은 하지 않았어……" 예가 말하면서 그물 망태 속 암탉을 살폈다. 암탉이 눌려 찌그러지지는 않은 걸 확인하고는 얼른 말에 올라 바로 떠났다.

"당신은 이미 조종弔鐘을 쳤어!"** 멀리서 계속 욕이 들려왔다.

'저렇게 못났을 줄이야. 새파랗게 젊은 나이에 남을 욕하는 거나 배우고. 어쩐지 노파가 저 사람을 그리 믿더라니.' 예는 이런 생각을 하면서 자신도 모르게 말 위에서 절망적으로 고개를 저었다.

---

* 날아오는 화살을 이로 받아 무는 것으로, 예는 이것만은 봉몽에게 가르쳐주지 않았다고 한다.

** 루쉰의 제자 가오창훙은 「시대의 운명」이란 글에서 루쉰을 비판하면서 "루쉰 선생은 이미 말할 것도 없이 시대의 조종을 쳤다"고 했다.

3

수수밭을 다 지나기도 전에 날이 벌써 저물었다. 쪽빛 하늘에 밝은 별이 떠올랐다. 개밥바라기가 서쪽 하늘에서 유난히 눈부시게 빛났다. 하얀 밭둑을 찾아서 가야 했기에 이미 기진맥진한 말은 걸음이 자연히 무척 느려졌다. 다행히 달이 하늘 끝에서 차츰 은백색의 환한 빛을 뿜기 시작했다.

"지겹다!" 예는 뱃속에서 꼬르륵 소리가 나자 말 위에서 초조해지기 시작했다. "꼭 먹고사는 일에 바쁠 때면, 쓸데없는 일을 만나 시간을 허비한단 말이야." 그는 두 다리로 말의 배를 한번 차면서 빨리 달리도록 재촉했다. 하지만 말은 하반신만 비틀 뿐 여전히 꾸물거렸다.

'항아가 분명 화가 났을 텐데. 오늘 이렇게 늦었으니.' 그는 생각했다. '어떤 얼굴로 나를 대할까. 그래도 다행히 작은 암탉이라도 있어서 기뻐할 거야. 그저 이렇게 말해야지. 여보, 이건 내가 이백여 리를 쏘다녀서 찾은 거요. 아냐, 안 되겠어. 이런 말은 너무 뽐내는 것 같잖아.'

그는 앞쪽에 인가의 불빛이 보이자 기뻐서 더이상 생각을 하지 않았다. 말 역시 채찍질을 하지 않았는데 알아서 나는 듯이 달렸다. 새하얀 둥근 달이 앞길을 비추고 시원한 바람이 얼굴에 불어왔다. 큰 사냥에서 돌아올 때보다 기분이 좋았다.

말이 쓰레깃더미 쪽에 자연스럽게 멈추어 섰다. 예가 얼핏 보니 뭔가 이상한 느낌이 들었다. 왠지 모르게 집안이 뒤숭숭한 것 같았다. 마중도 조부 혼자 나왔다.

"무슨 일 있느냐? 왕승은?" 예가 이상하다는 듯이 물었다.

"왕승은 마님 찾으러 요가네 갔습니다."

"뭐라고? 마님이 요가네 갔어?" 예는 여전히 말에 앉은 채로 물었다.

"네……" 조부가 대답을 하면서 말고삐와 채찍을 받아들었다.

예가 그제야 말에서 내려와 문으로 들어서며 잠시 생각에 잠기더니 다시 돌아보며 물었다.

"기다리지 못하고 혼자서 밥집에 간 거 아니야?"

"네, 밥집 세 곳에 소인이 다 가서 물어보았지만 안 계셨습니다."

예가 고개를 숙이고 생각에 잠긴 채 안으로 걸어갔다. 여자 하인 셋이 어쩔 줄 몰라하며 안채 앞에 모여 있었다. 그가 이상해서 큰 소리로 물었다.

"너희들은 다 집에 있네? 지금껏 마님 혼자 요가네 간 적이 없지 않느냐?"

여자 하인들은 대답 없이 그저 예의 얼굴만 쳐다보다가 활집과 화살통, 작은 암탉이 든 그물 망태를 받아들었다. 예는 갑자기 심장이 벌렁거렸다. 항아가 충동적으로 스스로 목숨을 끊었을지 모른다는 생각이 들어 여경에게 조부더러 뒤뜰 연못에 있는 나무에 올라가 둘러보라고 했다. 바삐 방안으로 들어간 예는 그 짐작이 틀렸다는 걸 알았다. 방은 온통 어질러져 있었다. 옷장은 열려 있고, 침상 위를 보자 무엇보다 먼저 보석 상자가 없어진 게 눈에 들어왔다. 순간 머리에 찬물을 뒤집어쓴 것 같았다. 보석이 문제가 아니었다. 도사가 그에게 준 선약을 그 보석 상자에 넣어두었던 것이다.

예는 방안을 두어 바퀴 돌고서야 문밖에 서 있는 왕승을 발견했다.

"나리," 왕승이 말했다. "마님은 요가네에 안 계셨습니다. 그 집 사람들도 오늘은 마작을 하지 않았고요."

예는 왕승을 한번 쳐다만 볼 뿐 아무 말이 없었다. 왕승이 이내 물러갔다.

"나리, 부르셨습니까?……" 조부가 와서 물었다.

예가 고개를 젓고 손을 내저으며 조부도 물러가라고 했다.

예는 방안을 다시 몇 바퀴 돈 뒤 대청에 나가 앉았다. 고개를 들고 벽에 걸린 붉은 활과 붉은 화살, 검은 활과 검은 화살, 쇠뇌, 장검, 단검을 쳐다보면서 생각에 잠기다 밑에서 대기하고 있던 여자 하인에게 말했다.

"마님이 언제부터 보이지 않더냐?"

"등을 켤 때부터 보이지 않으셨습니다." 여을이 말했다. "그런데 아무도 나가시는 걸 보지 못했습니다."

"마님이 저 상자에 든 약을 먹는 걸 보지 못했느냐?"

"그건 보지 못했습니다. 마님께서 제게 오후에 마실 물을 달라고 하긴 하셨습니다."

예는 다급해서 자리에서 일어났다. 혼자만 지상에 남겨진 듯한 느낌이었다.

"뭐가 하늘로 올라가는 것을 보지 못하였느냐?" 예가 물었다.

"아!" 여신이 잠시 생각하더니 뭔가 짚이는 게 있다는 듯이 말했다. "제가 등을 켜고 나갔을 때 까만 그림자 하나가 이쪽으로 날아가는 걸 분명히 보았습니다. 그때 전 그게 마님일 거라고는 전혀 생각지도 못했습니다……" 그녀의 얼굴이 창백해졌다.

"분명 그리된 거야!" 무릎을 탁 치며 벌떡 일어선 예가 집밖으로 나갔다. 그러고는 여신을 돌아보며 물었다. "저쪽이더냐?"

여신이 손으로 가리키는 방향을 따라 쳐다보니, 그곳에는 새하얀 둥근 달만 허공에 걸려 있었다. 달 가운데에 정자와 나무가 희미하게 드러났다. 예가 아이였을 때 할머니가 들려주었던 달궁전의 아름다운 모습이 어렴풋이 떠올랐다. 푸른 바다에 둥둥

떠다니는 것 같은 달을 보며 예는 자신의 몸이 너무 무겁다는 생각이 들었다.

갑자기 분노가 치밀었다. 그 분노에서는 살기가 뿜어져나왔다. 예가 눈을 부릅뜨며 여자 하인들에게 소리쳤다.

"내가 해를 쏘았던 활을 가져오거라! 화살 셋 하고!"

여을과 여경이 대청에서 강하고 거대한 그 활을 꺼내 먼지를 닦은 후 긴 화살 세 개와 함께 그에게 건네주었다.

예는 한 손에 활을 들고, 한 손에는 화살 세 개를 들어 모두 시위에 걸고 활을 팽팽히 당겨 달을 겨눴다. 몸은 바위처럼 우뚝 서고 똑바로 쏘아보는 눈빛은 바위에 내리치는 번개처럼 번쩍였으며, 길게 드리우져 흔들리는 수염은 검은 불꽃 같았다. 이 순간 사람들은 해를 쏘던 전성기 때의 그의 늠름하던 모습을 떠올렸다.

피융 소리가 났다. 소리는 한 번이었지만 화살은 세 발이 날아갔다. 쏘자마자 걸고, 걸자마자 쏘니, 눈이 손을 따라가지 못했고 귀도 각각의 소리를 분간하지 못했다. 원래는 세 발의 화살이 모두 반대편 한곳에 맞아야 했다. 화살과 화살이 뒤를 이어 끊임없이 계속 발사되었기 때문이다. 그런데 그는 반드시 쓰러뜨리겠다는 목적으로 쏘는 순간에 손을 조금씩 움직였고, 화살은 세 군데로 흩어져 세 군데에 상처를 입혔다.

이 순간 사람들은 해를 쏘던 전성기 때의 그의 늠름하던 모습을 떠올렸다.

여자 하인들이 소리를 질렀고, 다들 달이 몸을 떠는 것을 보며 달이 떨어질 것이라 생각했다. 그런데 달은 평온하게 걸려 있었다. 부드럽고 더 밝은 빛을 내면서, 아무 상처도 입지 않은 것처럼.

"아아!" 예가 하늘을 향해 소리를 질렀고, 잠시 바라보았다. 그러나 달은 그를 아랑곳하지 않았다. 그가 앞으로 세 걸음 나아가면 달은 세 걸음 물러났다. 그가 세 걸음 물러서면 달은 그만큼 앞으로 움직였다.

다들 말없이 서로의 얼굴만 쳐다보았다.

예가 천천히 들었던 활을 대문에 기대놓고는 집안으로 들어갔다. 여자 하인들도 다 같이 그를 따랐다.

"헛," 예가 자리에 앉으면서 한숨을 쉬었다. "이제 너희 마님이 혼자서 영원히 즐겁게 사시겠구나. 어찌 냉정하게 나를 버리고 혼자만 날아간단 말이냐? 내가 늙었다고 생각한 건가? 하지만 지난달에도 마님이 그랬지 않았느냐. 나이가 들지 않았는데 스스로 늙은이를 자처한다면 정신이 타락한 거라고.*"

"그건 절대 아닐 겁니다." 여을이 말했다. "사람들이 아직도 나리를 전사라고 하는걸요."

---

* 루쉰의 제자 가오창훙은 루쉰을 비판한 「1925년 베이징 출판계의 지형 지도」에서 "만약 늙은이를 자처한다면 그것은 정신의 타락이다"라고 했다.

부드럽고 더 밝은 빛을 내면서, 아무 상처도 입지 않은 것처럼.

"어떤 때 보면 정말 예술가 같고요."* 여신이 말했다.

"헛소리! 까마귀 짜장면은 분명 맛이 없었는데, 그럼 설마 그걸 못 참고……"

"저 표범 깔개 털 빠진 데는 벽 쪽에 붙어 있는 다리 가죽을 잘라서 기우겠습니다. 영 보기가 싫어서요." 여신이 방으로 들어갔다.

"잠깐!" 예가 말하며 잠시 생각했다. "그건 급하지 않다. 난 정말 배가 고프다. 어서 고추 닭 볶음이나 하거라. 빵도 한 다섯 근쯤 만들고. 먹고 푹 자게. 내일 도사를 찾아가 선약을 달라고 해서 먹고 쫓아가야겠다. 여경아, 너 가서 왕승더러 콩 넉 되 달아다가 말에게 먹이라고 하거라."

1926년 12월 씀.

* 가오창훙은 「1925년 베이징 출판계의 지형 지도」에서 "그(루쉰)가 내게 준 인상은 사실 그 짧은 시기(1924년 말)가 가장 참신했다. 그 시기에 그는 정말 진정한 예술가의 면모를 보여주었다"고 했다.

홍수를 다스리다

理水

1

때는 "콰르르 콸콸 홍수가 극심하여, 철썩철썩 산을 감싸고 언덕을 잠기게"* 하던 시절이었다. 순임금의 백성들이 모두 수면 위로 드러난 산꼭대기에 몰려 있는 것은 아니었다. 어떤 사람들은 나무우듬지에 몸을 묶었고, 어떤 사람들은 뗏목을 타고 있었다. 조그만 덮개로 덮인 어떤 뗏목은 언덕에서 보면 꽤나 시적인 정취가 있었다.

먼 곳의 소식은 뗏목을 통해 전해졌다. 곤鯀 대인이 꼬박 구

* 『상서』 「요전」에 기록되어 있는 내용이다.

년 동안 치수治水를 했는데도 아무런 효과가 없어서 천자께서 진노하여 그를 우산에 유배 보냈고,* 후임으로 곤 대인의 아들인 듯한 문명 나리가 왔다는데, 아명兒名이 아우阿禹라는 소식을 다들 알게 되었다.**

흉년이 오래되어 대학은 진즉 해산하였고 유치원도 문을 연 곳이 없었다. 그런 까닭에 백성들은 다들 우매했다. 오직 문화산***에만 많은 학자들이 모여 있었고, 학자들의 식량은 모두 기굉국****에서 비차로 실어날랐다. 학자들은 식량 걱정이 없어서 마음놓고

---

* 곤의 치수에 관한 기록은 『사기』 「하본기」에 나온다. 요임금 때 홍수가 나서 치수를 잘할 수 있는 사람을 구했고, 신하들이 곤을 추천하였다. 그런데 곤은 구 년이 지나도록 치수에 성공하지 못했다. 요는 순을 등용하여 정사를 돌보게 했는데, 순이 곳곳을 돌아본 뒤 곤의 치수가 효과가 없다는 것을 알고는 곤을 유배 보냈다.

** 우는 중국 고대 치수의 영웅이자, 하 왕조의 건립자다. 『사기』 「하본기」에 따르면 우의 이름은 문명이고, 그의 부친 곤이 유배를 간 뒤 명을 받아 치수를 했다.

*** 일본의 중국 침략이 심해지는 가운데 1932년 10월 베이징의 문화계·교육계 일부 인사들이 국민당 정부에 베이징을 '문화성'으로 지정해달라고 건의한다. 베이징(당시 지명 베이핑)에는 여러 가지 문화시설이 많기 때문에 문화성으로 지정해 일체의 군사시설을 철거해야 한다고 주장하였다. 루쉰은 여기서 그들의 비현실적인 주장을 풍자하고 있다.

**** 『산해경』 「해외서경」에 나오는 지명으로, 그곳 사람들은 팔 하나에 눈이 셋 달리고 한몸에 음과 양을 갖추었으며, 무늬가 있는 말을 타고 다녔다고 한다. 곽박의 주석에 따르면 이들은 재주가 많아서 새를 본떠 하늘을 나는 수레, 즉 비차를 만들어 타고 다녔다고 한다.

학문 연구를 할 수 있었다. 그들 대부분은 우임금에 반대했고, 심지어는 세상에 우라는 사람이 정말 존재한다고 믿지 않는 사람도 있었다.

늘 그랬듯 한 달에 한 번씩 공중에서 쉭쉭 소리가 울렸다. 소리가 갈수록 커지면서 비차가 선명히 보였다. 수레에는 빛살이 퍼지는 노란 동그라미가 그려진 깃발이 꽂혀 있었다. 땅에서 다섯 자 떨어진 높이에 바구니 몇 개가 비차에 매달려 있었다. 안에 무엇이 들었는지 다른 사람들은 알 수가 없었고, 그저 위아래를 오가는 대화 소리만 들렸다.

"굿 모닝!"

"하우 두 유 두!"

"쏼라쏼라……"

"O.K!"

비차는 기굉국으로 질풍처럼 날아가고 하늘에는 아무 소리도 남지 않았다. 학자들도 조용했다. 다들 밥을 먹고 있는 참이었다. 산을 감싸고 있는 물결만이 바위에 부딪히며 쉼없이 철썩철썩 소리를 냈다. 학자들은 낮잠을 자고 나자 정신이 훨씬 맑아졌다. 그래서 학문을 논하는 소리가 파도 소리를 압도했다.

"우가 치수를 해도 분명 성공하지 못할 거요. 그가 곤의 아들이라면 말이오." 지팡이를 든 학자가 말했다. "나는 여러 왕과 귀족, 대신, 갑부 들의 족보를 수집한 적이 있는데, 공들여 연구하여 이런 결론을 얻었소. 부자의 자손은 모두 부자이고, 악인의 자손은 모두 악인이라는 것이오. 이것을 '유전'이라고 하오. 그런즉 곤이 성공하지 못했으니 그 사람의 아들인 우 역시 분명 성공하지 못할 거요. 어리석은 사람이 총명한 사람을 낳을 수는 없으니까!"

"O.K!" 지팡이를 들지 않은 학자가 말했다.

"하지만 우리 태상황*을 생각해보시오." 지팡이를 들지 않은 다른 학자가 말했다.

"전에는 조금 '고집'이 있었지만, 지금은 완전히 고쳤지 않소. 어리석은 사람이었다면 영원히 고치지 못했을 텐데 말이오……"

"O.K!"

"그, 그, 그런 것 죄다 헛소리요." 또다른 학자가 더듬거리며 말하는데, 바로 코끝이 새빨갛게 부풀었다. "당신들은 소문에 속은 거요. 사실 우 같은 것은 없소. '우禹'자에는 벌레蟲가 들어 있소. 버, 벌레가 치수를 할 수 있소? 내 생각에는 곤도 없소. '곤鯀'에는 물고기魚가 있지요. 무, 물고기가 치, 치수를 할 수 있소?"

---

* 순임금의 아버지 고수를 가리킨다. 처음에는 어리석었지만 아들 순이 지성으로 감화시켰다고 한다.

그가 여기까지 말하고는 두 발을 굴렀다. 아주 힘차 보였다.

"하지만 곤은 분명 있소. 칠 년 전에 그가 곤륜산 기슭으로 매화 구경 가는 걸 내가 직접 보았단 말이오."

"그럼, 그 사람 이름이 잘못된 게지. 아마 '곤'이라고 부르지 않을 거요. 분명 이름이 '인人'일거요! 하지만 우는 분명히 벌레요. 우가 가공의 인물이라는 증거를 내가 많이 갖고 있소. 사람들에게 공정히 평가해보라 합시다……"

그는 용감하게 일어나서 삭도削刀를 꺼내 큰 소나무 다섯 그루의 껍질을 벗긴 뒤, 거기에 먹다 남은 빵 부스러기를 물에 이겨 석탄가루를 섞은 곤죽을 사용해 아주 작은 과두문자로 우 말살론을 고증하는 글을 썼다. 꼬박 3927일이 걸렸다. 그것을 보려는 사람은 연한 느릅나무 잎 열 장을 내야 했고, 뗏목에 사는 사람이라면 조개껍데기 하나를 다 채울 수 있는 양의 신선한 물이끼를 내야 했다.

사방이 어디나 물이었기에 사냥도 못하고 땅에 씨를 뿌릴 수도 없었으니, 그저 살아갈 수밖에 없었다. 다들 할일이 없다보니 보러 오는 사람이 많았다. 소나무 아래가 사흘 동안 북적였고 이곳저곳에서 탄식소리가 났다. 감탄하는 사람도 있었고 지친 사람도 있었다. 나흘째 되던 날 정오에 어떤 시골 사람이 마침내 입을 열었다. 그때 그 학자는 볶음국수를 먹고 있는 참이었다.

"사람 중에도 아우라고 불리는 이가 있습니다." 시골 사람이 말했다. "그리고 '우'도 벌레가 아닙니다. 그건 우리 시골 사람들이 쓰는 약자입니다. 나리들은 다들 '우禺'라고 쓰지요. 큰 원숭이라고요……"*

"사람 중에 크, 큰 원숭이란 이름이 있다고?" 학자가 펄쩍뛰었다. 국수를 씹지도 않고 황급히 삼키고는 코가 붉다 못해 벌게지도록 고함치며 말했다.

"있습지요. 아구阿狗 아묘阿猫**도 있는데요."

"조두鳥頭*** 선생, 저 사람하고 논쟁할 생각 마시오." 지팡이를 들고 있는 학자가 빵을 내려놓으며 중간에서 말리면서 말했다. "시골 사람은 다 어리석지. 자네 집 족보를 가져와보게." 그는 시골 사람을 돌아보며 큰 소리로 말했다. "자네 조상이 어리석었다는 점을 내가 반드시 밝혀낼 걸세……"

---

* 『설문해자』에 따르면, 우는 원숭이의 일종이다. 청대 단옥재는 곽박의 『산해경』 주석을 인용하여, 우는 원숭이처럼 크고 빨간 눈에 꼬리가 길다고 했다. '우(禹)' 자는 '우(禺)'자의 필획이 간략화된 것이다.

** 각각 '개'와 '고양이'라는 뜻.

*** 고증학자인 구셰강(顧頡剛)을 풍자한 것이다. 그의 성씨인 '顧'자가 새를 뜻하는 '雇'자와 머리를 뜻하는 '頁'자로 되어 있어서 루쉰이 이를 가지고 '조두'라고 풍자한 것이다. 구셰강은 곤과 우를 고증하면서 곤은 물고기이고 우는 도마뱀이라고 주장하였고, 베이징대학에서 민간 가요를 수집하기도 했다.

"사람 중에 크, 큰 원숭이란 이름이 있다고?" 학자가 펄쩍뛰었다.

"전 족보를 가져본 적이 없는데요……"

"쳇, 내 연구가 완벽하지 못하도록 만든 게 바로 자네들처럼 괘씸한 놈들이야!"

"그런데 여, 여기에는 족보도 필요 없소. 내 학설은 틀릴 리가 없으니까." 조두 선생이 더욱 씩씩거리며 말했다. "전에, 수많은 학자들이 편지를 보내 내 학설을 찬성했죠. 그 편지들을 내가 모두 여기 가져왔소……"

"아니오. 족보를 찾아봐야 하오……"

"하지만 전 정말 족보가 없는데요." 그 '어리석은 자'가 말했다. "지금은 이렇게 혼란한데다 교통도 불편한데, 선생 친구들이 편지를 보내 찬성한 것을 증거로 삼는다는 게 우렁 껍데기 속에 절을 짓는 것보다 더 어렵지 않을까요. 증거가 바로 눈앞에 있는데요. 선생은 조두 선생이라 불리는데, 말씀대로라면 선생이 정말 새의 대가리이고, 사람이 아니란 겁니까?"

"헛!" 조두 선생이 화가 나서 귓바퀴까지 빨개졌다. "이렇게 나를 모욕하다니! 내가 사람이 아니라고! 같이 고도* 대인한테 가서 법으로 해결하자고! 내가 정말 사람이 아니거든 내 기꺼이 사형을 받아들이겠네. 목을 내놓겠다고. 알았나? 아니면 네 목

---

* 순임금의 신하로, 송사를 담당하는 관직을 맡았다.

을 내놓아야 할 거야. 내가 볶음국수를 다 먹을 때까지 꼼짝말고 기다리게."

"선생," 시골 사람이 아무렇지도 않다는 듯이 평온하게 대답했다. "선생께서는 학자이시니 지금이 벌써 오후라 다른 사람들도 배가 고플 거라는 점을 아실 테지요. 안타깝게도 어리석은 자의 배도 총명하신 분의 배와 똑같습니다. 역시 고프지요. 정말 죄송하온데 저는 이끼를 건지러 가야겠으니 선생께서 소송장을 제출하시면 제가 다시 와서 재판에 나가겠습니다." 그런 뒤 그는 뗏목에 올라 그물망을 들고 수초를 건져올리면서 유유히 멀어져 갔다. 구경하던 사람들도 차츰 흩어졌다. 조두 선생은 귓바퀴와 코끝이 빨개진 채 다시 볶음국수를 먹었고, 지팡이를 든 학자는 고개를 내저었다.

하지만 대체 '우'가 벌레인지 사람인지는 여전히 큰 의문거리였다.

2

우는 정말 벌레인 것도 같았다.

육 개월이 더 지났다. 기굉국의 비차가 여덟 번 왔었고, 소나무에 새겨진 글자를 읽은 뗏목의 주민들도 열에 아홉이 각기병에 걸렸는데, 치수를 하는 새 관리는 아직도 소식이 없었다. 열 번째 비차가 오고 나서야 소식이 전해졌다. 우는 분명 사람이고, 곤의 아들이며, 수리水理 대신으로 임명되어 삼 년 전에 기주*에 부임했으니 머지않아 여기에 도착할 거라고 했다.

다들 약간 흥분했다. 하지만 다시 무덤덤해져서 그다지 믿지 않았다. 이런 유의 신빙성 없는 소문을 다들 귀에 못이 박히도록 들었기 때문이다.

그러나 이번에는 소식이 믿을 만해 보였다. 십여 일이 지난 뒤에는 거의 모두가 대신이 분명 올 거라고 말했다. 부초를 건지러 간 사람이 직접 관청의 배를 본 것이다. 그는 머리의 검푸른 혹을 가리키며 너무 늦게 피해서 관군이 쏜 석궁에 맞았다고, 이게 바로 대신이 분명히 왔다는 증거라 말했다. 이 사람은 그때부터 유명해졌고, 아주 바빠졌다. 다들 앞다투어 그의 머리에 생긴 혹을 보러 와서 뗏목이 가라앉을 지경이었다. 나중에 경학**을 하는 학자들이 그를 불러서 세심하게 연구를 한 뒤 그의 혹이 진짜 혹이라는 사실을 확인해주었다. 그래서 조두 선생도 더이상 기

* 중국 고대의 구주(九州) 중 하나로 지금의 허베이 산시성, 허난과 산둥의 황허 북쪽 지역에 해당한다.

** 사서오경을 연구하는 학문.

존 견해를 고집할 수 없게 되었으며, 고고학을 다른 사람에게 넘겨주고 자신은 민간의 노래를 수집하러 갔다.

커다란 통나무배 선단이 온 것은 그의 머리에 혹이 나고 대략 스무 날쯤 지나서였다. 배마다 관병 스무 명이 노를 젓고 관병 서른 명이 창을 들었으며, 앞뒤 모두 깃발이 꽂혀 있었다. 배가 산 정상에 닿자 신사와 학자들이 둑에서 열을 지어 공손하게 맞이했다. 반나절이 지나서야 제일 큰 배에서 뚱뚱한 중년 고관 두 사람이 나타났다. 이들은 호피를 두른 무사 스무 명가량의 호위를 받으며, 맞이하러 나온 사람들과 함께 제일 높은 봉우리에 있는 돌집으로 갔다.

다들 열심히 수소문한 끝에 그 두 사람은 시찰 전담원일 뿐, 우가 아니라는 사실을 알아냈다.

고관들이 돌집 중앙에 앉아서 빵을 먹고 나서 시찰을 시작했다.

"재난 상황이 심각하지는 않습니다. 식량도 지낼 만큼 있고요." 학자들의 대표인 묘족 언어학 전문가가 말했다. "빵은 매달 공중에서 떨어뜨려줍니다. 물고기도 부족하지 않고요. 펄냄새가 나긴 하지만 살도 통통하지요, 대인 나리. 그리고 저 아래 백성들도 느릅나무 잎과 김이 있어서, 그야말로 '온종일 배가 불러 마음을 쓸 바가 없도다'란 말 그대로지요. 정신 노동을 하지 않으니 그저 그런 것만 먹어도 되지요. 우리도 몇 번 먹어봤는데

뚱뚱한 중년 고관 두 사람이 나타났다.
이들은 호피를 두른 무사 스무 명가량의 호위를 받았다.

맛도 나쁘지 않고, 나름 특별했어요……"

"게다가," 『신농본초』를 연구하는 다른 학자가 끼어들었다. "느릅나무 잎에는 비타민 W가 함유되어 있습니다. 해초에는 요오드가 들어 있어서 나력병*을 치료할 수 있지요. 둘 다 건강에 매우 좋습니다."

"O.K!" 또다른 학자가 말했다. 고관들이 그를 쳐다보았다.

"마실 것은," 『신농본초』를 연구하는 학자가 이어서 말했다. "그들이 원하는 만큼 얼마든지 있습니다. 만 세대가 지나도 다 못 마실 겁니다. 안타깝게도 황토가 조금 섞여 있어서 마시기 전에 반드시 증류해야 합니다. 제가 여러 번 지도를 했는데 저들이 어리석고 고지식해 한사코 따르려 하지 않아서 병자들이 무수히 생겼습니다……"

"홍수만 해도 저들이 자초한 것 아닙니까?" 긴 수염에 진한 홍갈빛 두루마기를 입은 신사가 끼어들며 말했다. "물이 달려들기 전에는 게으름을 피우며 물을 채우지 않더니, 홍수가 난 뒤에는 또 게으름을 피우며 물을 퍼내지 않고……"

"그런 걸 영혼을 잃었다고 하지요." 뒷줄에 앉아 있던 팔자 콧수염을 한 복희 시대의 소품문小品文 문학 연구가가 웃으며 말했

* 림프절에 멍울이 생긴 병증.

다. "내가 파미르고원에 갔더니, 바람이 시원하고, 매화가 피었어라. 흰구름이 날고, 금값이 폭등하고, 쥐는 잠이 들었어라. 한 소년을 보니 입에 시가를 물고, 얼굴에는 치우蚩尤의 안개*가 서렸어라…… 하하핫! 어쩔 수 없어요……"

"O.K!"

그렇게 한참이나 이야기를 나누었다. 고관들은 다들 열심히 들으며 나중에는 학자들에게 공문을 작성해달라고 했는데, 뒷수습 방법을 조목조목 적으면 제일 좋겠다고 했다.

그런 뒤 고관들은 배로 돌아갔다. 다음날은, 여정이 피곤하여 공무를 보지 않고 손님도 맞지 않겠다고 했다. 셋째 날은 학자들이 가장 높은 봉우리로 초청하여 비스듬히 기운 노송을 감상하였고, 오후에는 산 뒤쪽으로 가서 드렁허리 낚시를 하며 해질 때까지 놀았다. 나흘째 되는 날에는 시찰하느라 피곤하다면서 공무도 보지 않고 손님도 만나지 않았다. 닷새째 오후에는 백성들 대표를 불러내어 만났다.

백성 대표는 나흘 전부터 추천을 받았는데, 관리를 한 번도 만난 적이 없다며 아무도 가려고 하지 않았다. 그래서 다들 머리에 혹이 난 그 사람을 추천했다. 그이가 관리를 만난 경험이 있다고

* 전설에 치우가 안개를 피워 반란을 일으켰다고 한다.

여겨서다. 그는 마침 이때 가라앉았던 혹이 갑자기 바늘로 찌르는 것처럼 아프기 시작하여 울며 이를 악물었다. 대표를 하느니 차라리 죽는 게 낫겠어! 다들 그를 둘러쌌다. 대의를 위해서라고 밤낮없이 꾸짖으며 그가 공익을 생각하지 않는 이기적인 개인주의자라고, 이 화하* 땅에서 용납할 수 없다고 했다. 더 과격한 이들은 그의 코앞에 주먹을 들이대면서 이번 수해의 책임을 지라고까지 했다. 그는 졸려서 죽을 지경이었고 뗏목에서 시달리다 죽느니 차라리 공익을 위해 희생하는 게 그래도 낫겠다 싶어서 단단히 결심을 하고는, 나흘째에 응낙했다.

다들 그를 칭찬했다. 하지만 몇몇 용사들은 질투를 하기도 했다.

닷샛날 아침이었다. 사람들이 새벽같이 그를 끌고 와서 둑에 서서 부름을 기다렸다. 과연, 고관들이 불렀다. 순간 그의 두 발이 떨렸다. 하지만 이내 단단히 결심을 했는데, 그러고 나자 하품이 두 번 나왔다. 눈은 부었고, 마치 발이 땅에 닿지 않고 허공에 붕 뜬 것 같은 기분으로 관청의 배로 걸어갔다.

이상하게도 창을 든 관병이건 호피를 입은 무사건 아무도 그를 때리지도 욕하지도 않고 곧장 선실로 들여보냈다. 선실에는 곰 가죽, 표범 가죽이 깔렸고 활과 화살이 몇 개 걸렸으며 병과

* 중국의 옛 명칭.

단지들이 흩어져 있어 그는 눈이 어지러웠다. 정신을 가다듬고 위쪽, 그러니까 자신의 맞은편을 보니 뚱뚱한 관원 두 사람이 앉아 있었다. 어떻게 생겼는지 그는 감히 똑똑히 볼 수가 없었다.

“네가 백성 대표냐?” 고관 가운데 한 사람이 물었다.

“사람들이 저더러 하라고 했습지요.” 그는 바닥에 깔린 표범 가죽의 쑥잎 같은 무늬에 눈길을 둔 채 그가 대답했다.

“사람들은 어떠냐?”

“……” 그가 말뜻을 몰라서 대답을 하지 못했다.

“지낼 만하느냐?”

“대인 나리의 은덕에 힘입어, 잘 지……” 그는 잠시 생각을 하고 나서 낮은 목소리로 말했다. “그저 그럭저럭…… 대강……”

“먹을 것은?”

“있습니다. 잎사귀랑, 물이끼랑……”

“그런 게 먹을 만하더냐?”

“먹을 만합니다. 저희는 뭐든 습관이 들어서, 먹을 만합니다. 짐승만도 못한 놈들이 계속 투덜거려 인심이 나빠지긴 하지만, 제기랄, 저희가 손을 봐주고 있지요.”

대인들이 웃음을 터뜨렸다. 한 사람이 다른 사람에게 말했다. “이 녀석 성실하네.”

칭찬하는 것을 듣자 그자는 무척 신이 나고 담이 커져서 줄줄

칭찬하는 것을 듣자 그자는 무척 신이 나고 담이 커져서 줄줄 말했다.

말했다.

"저희는 결국 방법을 생각해내지요. 물이끼만 해도 활류비취탕滑溜翡翠湯을 만들면 그만이고, 느릅나무 잎으로는 일품당조갱一品當朝羹을 만들지요.* 나무껍질은 모조리 벗기면 안 되고 한 가닥을 남겨놔야 합니다. 그래야 다음해 봄에 나뭇가지 끝에서 잎이 나와 거둘 수가 있거든요. 만일 대인의 은덕을 입으면 드렁허리도 낚을 수 있고……"

하지만 대인은 그리 귀를 기울이지 않는 것 같았고, 한 사람은 연속 두 번 하품을 하더니 그의 말을 잘랐다. "너희들이 같이 공문으로 올리는 게 좋겠다. 사후에 취할 조치를 조목조목 담으면 제일 좋고."

"한데 저희는 아무도 글을 쓸 줄 몰라서……" 그가 겁을 내며 말했다.

"글을 모른다고? 참으로 발전에 뜻이 없구나! 어쩔 수 없다. 너희들이 먹는 것들을 한 그릇 골라서 가지고 와보거라!"

그가 겁을 내면서도 한편으로 기뻐하면서 물러나왔다. 혹이 났던 자리를 만지면서 즉시 대인의 분부를 둑 주위에, 나무 주위

* '활류비취탕'은 녹색 국물이라는 뜻으로, 이끼로 만든 탕을 가리키며, '일품당조'는 학이 날개를 펼친 무늬가 그려진 옷을 입은 조정의 고관을 뜻하는 말로, 나뭇잎으로 끓인 죽이 그 옷의 무늬 같다는 의미로 쓴 것이다.

에, 뗏목에 있던 사람들에게 전했다. 그러면서 큰 소리로 당부했다. "윗분에게 바치는 거야! 깨끗하게, 공을 들여서, 체면 상하지 않게 해야 해!"

모든 주민들이 동시에 바빠졌다. 잎사귀를 씻고, 나무껍질을 썰고, 이끼를 건지며 한바탕 소동이 일었다. 그 자신은 진상할 때 쓸 상자를 만들려고 나무판을 깎았다. 두 쪽을 아주 번쩍번쩍 광을 내서는 밤새 산 정상으로 달려가서 학자들에게 글씨를 써 달라고 했다. 하나는 상자 뚜껑용으로 '수산복해壽山福海'*라고 쓰고, 다른 하나는 자기 뗏목에 표구를 해서 걸어두고 영광으로 삼도록 '성실당'이라고 써달라고 했다. 하지만 학자들은 '수산복해'만 써주었다.

3

두 고관이 도읍으로 돌아왔을 때 다른 시찰원들도 속속 돌아왔고, 우만 아직 밖에 있었다. 그들은 집에서 며칠을 쉬었다. 수리국 동료들이 수리국에서 큰 연회를 열어 그들을 환영하기로

* 산처럼 오래 살고 바다처럼 큰 복을 받으라는 뜻.

하고, 비용은 복, 녹, 수 세 가지로 나누어 갹출했는데, 가장 싼 것도 큰 조개껍데기 오십 개를 내야 했다. 이날은 정말 마차 행렬이 끊이지 않았다. 해질녘이 못 되어 주인과 객이 모두 도착했다. 마당에는 벌써 횃불을 밝혔고 솥단지에서 나는 소고기 냄새가 문밖에 있는 병사들 코에까지 날아와 다들 일제히 침을 삼켰다. 술이 세 순배 돌고 고관들이 갈대가 눈 같고, 흙탕물이 황금 같다, 드렁허리가 기름지고, 이끼가 미끌미끌하다는 둥, 물난리 지역 주변의 풍경을 이야기하기 시작했다. 취기가 오르고 나서야 각자 모아 온 백성들의 먹을거리를 꺼냈다. 한결같이 정교한 나무상자로 포장되어 있고, 뚜껑 위에는 글자가 적혀 있었다. 복희 팔괘체로 쓴 것도 있고, 창힐 귀곡체로 쓴 것도 있었다. 다들 먼저 그 글자들을 감상하였고 거의 싸울 지경까지 논쟁을 하고 나서야 '국태민안國泰民安'이라고 적은 것을 제일 먼저 보기로 결정했다. 글자가 순박하고 어려운데다 예스럽고 내용도 품위가 있으니 사관에게 넘겨줄 만해서였다.

중국 고유 예술에 대한 평가를 하고 나자 문화 문제는 어쨌든 일단락된 셈이어서 이번에는 상자의 내용물을 고찰하기 시작했다. 다들 한결같이 정교한 떡 모양에 감탄했다. 그런데 술을 너무 많이 마셔서 그런지 의견이 분분했다. 한 사람은 소나무 껍질 떡을 한입 먹어보더니 맑은 향기가 난다며 입이 닳도록 찬탄하

취기가 오르고 나서야 각자 모아 온 백성들의 먹을거리를 꺼냈다.

고는 자기는 내일이라도 관직을 버리고 이런 유유자적한 행복을 누리러 가겠다고 했다. 측백나무 잎으로 만든 떡을 맛본 사람은 식감은 거칠고 맛은 써서 혀를 상했다면서 이렇게 백성들과 환난을 같이해야 군주 노릇을 하는 어려움은 물론이고 신하 노릇을 하는 어려움도 알 수 있다고 했다. 몇 사람이 달려들어 그들이 베어먹은 떡을 빼앗으면서 조금 있다가 이것들을 진열해 전시회를 열고 모금을 할 텐데 너무 많이 먹어버리면 보기 흉하다고 말했다.

수리국 밖에서도 한바탕 소란이 일었다. 얼굴은 시꺼멓고 해어진 옷의 거지꼴 차림을 한 건장한 사내 한 무리가 교통 통제선을 돌파하여 수리국 안으로 쳐들어왔다. 위병들이 소리를 지르고 번쩍번쩍한 창을 좌우에서 얼른 교차하며 그들의 앞길을 막았다.

호리호리하고 거친 사내가 우두머리였다. 손도 크고 발도 컸다. 잠시 멈칫하다가 큰 소리로 말했다. “뭐야? 보면 몰라!”

위병들이 어둑한 가운데 눈을 치떠 보고는 공손하게 차려 자세를 하며 창을 거두고 그 사람들을 들여보냈다. 숨을 헐떡이며 뒤에서 쫓아오는 한 사람만 막았다. 짙은 남색 무명 장옷을 입고, 손에 아이를 안고 있는 여자였다.

“뭐야? 당신들 날 몰라?” 그가 주먹으로 이마에 난 땀을 훔치

위병들이 소리를 지르고 번쩍번쩍한 창을 좌우에서 얼른 교차하며
그들의 앞길을 막았다.

며 의아한 듯 물었다.

"우 부인, 저희가 어떻게 부인을 모르겠어요?"

"그럼, 왜 나를 들여보내지 않나?"

"우 부인, 요 몇 년 새 사정이 좋지 않아서, 올해부터 풍기를 단속하고 인심을 바로 하려고 남녀유별을 시행하고 있습니다. 지금 어떤 관청에서도 여자를 들여보내지 않아요. 여기만 그런 게 아니고, 부인에게만 그런 것도 아닙니다. 위쪽 명령이니 저희를 탓하지는 마십시오."

우 부인이 한동안 그대로 서 있다가 두 눈썹을 치켜세우고 몸을 돌리면서 소리를 쳤다.

"이런 찢어 죽일! 뭐가 그리 바빠서 달려나가! 자기 집 문 앞을 지나가면서도 쳐다만 보고 들어와보지도 않고. 너만 바쁘지!* 벼슬, 벼슬, 벼슬이 뭐가 좋아. 당신 아버지 꼴을 봐. 귀양 가서 연못에 빠져 거북이 신세가 됐잖아!** 이런 양심도 없는 찢어 죽일 놈 같으니라고!"

그때 수리국 대청에서도 소란이 일어나고 있었다. 거친 사내들이 들이닥쳤을 때는 다들 피할 생각을 했지만 번쩍번쩍하는

---

* 우는 치수에 바빠 집 앞을 세 번 지나면서도 집에 들르지 않았다고 한다.

** 우의 아버지 곤은 죽어서 다리가 셋 달린 자라로 변했다고 한다.

무기도 안 보이기에 뻔뻔스럽게 주시하고 있었다. 들이닥친 사내들이 가까이 왔다. 까맣고 마른 그 우두머리의 기개를 보건대, 그가 바로 우라는 걸 알 수 있었다. 나머지 사람들은 당연히 그의 수행원이었다.

깜짝 놀라 다들 술기운이 달아났고, 옷자락 스치는 사락사락 소리를 내며 얼른 아래쪽으로 물러났다. 우는 자리로 성큼 올라가 앉았다. 커서 그런지 아니면 학슬풍* 때문인지 무릎을 구부리지 않은 채 앉아서 두 발을 쭉 뻗었다. 두 발바닥이 고관들을 향하였는데 양말도 신지 않은 발바닥에 온통 밤알 같은 굳은살이 박여 있었다. 고관들이 그의 양옆으로 나뉘어 앉았다.

"대인께서는 오늘 귀경하셨습니까?" 담이 큰 한 속관이 무릎걸음으로 앞으로 나가 공손하게 물었다.

"다들 좀 가까이 앉으시오!" 우가 그의 질문에는 답하지 않은 채 사람들에게 말하였다. "조사는 어땠습니까?"

고관들이 무릎걸음으로 앞으로 오면서 서로 눈치를 보았다. 남은 음식상 아래 도열해 앉아 있자니 베어먹은 소나무 껍질 떡과 깨끗이 발라먹은 소뼈가 눈에 들어왔다. 무척 불편했지만 그

* 관절염의 일종으로 무릎이 구부러지지 않는 병. 우는 강물을 빼느라 십 년 동안 집에 들르지 못하였고 반신불수가 되어 제대로 걷지 못했다고 한다.

우는 자리로 성큼 올라가 앉았다.

렇다고 감히 요리사를 불러 치우라고 할 수도 없었다.

"대인께 아뢰옵니다." 한 고관이 마침내 말했다. "상황이 괜찮습니다. 꽤 좋은 인상을 받았습니다. 소나무 껍질과 수초도 적잖이 나고요, 마실 것도 아주 풍부합니다. 백성들이 모두 성실해서 잘 적응하고 있습니다. 아뢰옵기를, 그들은 고생을 잘 견디기로 세계적으로 유명한 사람들이옵니다."

"그래도 소신은 모금 계획을 벌써 세워놓았습니다." 다른 고관이 말했다. "기이한 음식 전시회를 열고 여외* 아가씨를 초청하여 패션쇼도 열고요. 표만 팔고, 설명회에서는 따로 모금을 하지 않을 겁니다. 그렇게 하면 보러 오는 사람이 좀더 많을 것이옵니다."

"그거 좋군요." 우가 말하면서 그에게 허리를 조금 숙였다.

"허나 지금 제일 긴요한 것은 한시바삐 통나무 뗏목을 보내 학자들을 고원으로 데려오는 것이옵니다." 세번째 고관이 말했다. "또한 기굉국으로 사람을 보내 우리가 문화를 숭상한다는 점을 알리고, 보급품도 매달 이쪽으로 보내주면 좋겠다고 하는 것입니다. 학자들이 올린 공문이 여기 있습니다. 꽤 흥미롭습니다.

---

* 『좌전』에는, 숙외(叔隗), 계외(季隗) 등 두 자로 된 성씨를 가진 북방 이민족 여성들이 많이 등장한다. 여외(女隗)는 이를 본떠 만든 것으로, 이민족 여성을 뜻한다.

그들은 문화가 일국의 생명이고 학자는 문화의 혼이며, 문화가 있어야 화하도 있고, 다른 것들은 모두 그다음이라고 생각하는 사람들입니다."

"그들은 화하에 인구가 너무 많아서," 첫번째 고관이 말했다. "조금 줄이는 것도 태평치국의 길이라고 생각합니다. 더구나 그 어리석은 백성들은 희로애락조차도 지혜로운 사람들이 추상하는 것만큼 섬세하지 않습니다. 사람을 알고 세상일을 논하려면 먼저 주관에 따라야 합니다. 셰익스피어만 해도……"

'지랄하네!' 우는 속으로 이런 생각을 했지만 입으로는 큰 소리로 이렇게 말했다. "내가 예전의 방법을 조사해보았는데, 물을 '막는' 방법은 분명 틀렸소. 앞으로는 물을 '흐르게' 해야 하오! 신들의 의견은 어떤지 모르겠소?"

무덤처럼 조용했다. 고관들의 얼굴도 사색이 되었다. 다들 아무래도 병이 난 것 같으니 내일은 병가를 내야겠다는 생각을 했다.

"그것은 치우가 쓴 방법입니다!" 한 용감한 청년 관원이 조용히 격분하여 말했다.

"미천한 저의 어리석은 생각으로는 대인께서 내리신 명령을 거두심이 마땅한 듯하옵니다." 수염과 머리가 하얀 한 고관은 이 순간 천하흥망이 그의 입에 달려 있다는 것을 느끼고는 마음을 다잡고 죽음을 불사하며 결연하게 항의했다. "물을 '막는' 것은 선대인의 방법입니다. '삼 년 동안 부모의 도를 고치지 않으니, 효라 할 만하다'는 말이 있습니다. 선대인이 승하하신 지 아직 삼 년이 못 되었사옵니다."

우는 한 마디도 하지 않았다.

"게다가 선대인께서 얼마나 몸과 마음을 쓰셨습니까? 하늘의 흙을 빌려와 홍수를 막느라 하늘의 노여움을 사긴 했으나, 홍수의 깊이는 조금 낮아졌습니다. 이는 또한 예부터 다스려온 방법인 듯하옵니다." 수염과 머리가 희끗한 다른 고관이 말했다. 그는 우의 외숙부의 양자였다.

우는 한 마디도 하지 않았다.

"제가 보건대 대인께서는 부친이 미처 완수하지 못한 일을 이루심이 좋을 듯합니다." 뚱뚱한 관원이 우가 아무 소리를 하지 않자 그가 설득당한 것으로 여기고 조금 경박한 기색으로 크게 말했다. 하지만 얼굴에는 비지땀이 흐르고 있었다. "집안의 법도에 따라 집안의 명예를 만회하는 것입니다. 대인께서는 아마 사람들이 선대인을 두고 어떻게 말하는지 모르시는 듯합니다만……"

"요컨대, 물을 '막는' 것은 세계적으로 정평이 난 좋은 방법입니다." 수염과 머리가 하얀 늙은 고관이 행여 뚱보가 일을 엇나가게 할까봐 끼어들며 말했다. "다른 갖가지 방법들은 이른바 '모던'이라고 하는 것으로, 바로 예전에 치우씨가 범했던 잘못입니다."

우가 조금 웃었다. "나도 아오. 우리 아버지가 노란 곰으로 변했다고 하는 사람도 있고, 발이 셋 달린 자라가 되었다는 사람도 있고, 내가 이름을 날리고 이익을 도모하려 한다고 말하는 사람도 있소. 말이 나왔으니, 내가 말하고자 하는 바는 내가 산천의 상황을 돌아보고 백성들의 의견을 구해, 실상을 꿰뚫어본 후 생각을 정했다는 것이오. 어떻게든 물을 '흐르게' 해야만 하오! 여기 동료들도 다 나와 같은 의견이오."

그가 손을 들어 양쪽을 가리켰다. 수염과 머리가 하얀 이와 수염과 머리가 희끗한 이와 작고 하얀 얼굴을 가진 이와 뚱뚱하고 비지땀을 흘리는 이, 뚱뚱하나 비지땀을 흘리지 않는 관원 들이 그의 손가락을 따라 쳐다보았다. 마르고 까만 거지 같은 것들이 일렬로 늘어서 있었다. 움직이지도 않고, 말도 하지 않고, 웃지도 않고, 마치 쇳덩이 같았다.

4

우 나리가 떠나고 시간은 정말 빠르게 흘렀다. 어느새 수도의 상황은 하루가 다르게 흥청거렸다. 먼저 부자들이 비단 두루마

마르고 까만 거지 같은 것들이 일렬로 늘어서 있었다.
움직이지도 않고, 말도 하지 않고, 웃지도 않고, 마치 쇳덩이 같았다.

기를 입더니 이어 큰 과일가게에서 귤과 유자를 팔고 큰 포목점에는 화려한 무늬의 비단이 걸렸다. 부자들의 잔칫상에는 질 좋은 간장과 상어 지느러미 조림, 해삼 무침이 등장했다. 이어 부자들은 곰 가죽 방석과 여우 가죽 저고리를 입게 되었고, 그 부인들은 순금 귀걸이와 은팔찌를 찼다.

대문 앞에 서 있기만 해도 늘 새로운 사물을 접할 수 있었다. 오늘은 대나무 화살을 실은 수레가 지나가는가 하면 내일은 소나무 판자가 지나갔고, 가산假山을 만드는 기이한 돌을 메고 가는 사람, 횟감용 활어를 들고 가는 사람도 있었다. 한 자 두 치나 되는 큰 거북이 한 무리가 대나무 바구니에 담겨 고개를 집어넣고는 수레에 실려 황궁 쪽으로 가기도 했다.

"엄마, 저것 봐요. 거북이가 엄청 커!" 아이들이 그 모습을 보고 시끌벅적 뒤따라가 수레를 에워쌌다.

"녀석들아, 비켜라! 이건 황제의 보물이니라, 목 날아갈라 조심해라!"

또한 우 나리 소식도 진기한 보물이 수도로 들어오는 것과 동시에 늘어났다. 백성들 집 처마 밑에서, 길가 나무 아래서 다들 우의 이야기를 했다. 그가 밤에 어떻게 노란 곰으로 변해서 입과 발톱으로 한줄기 한줄기 파헤쳐 아홉 개 강의 물줄기를 텄는지, 그리고 어떻게 하늘의 장수와 병사들을 불러서 소동을 일으키던

요괴 무지기*를 잡아 균산 밑에 눌러두었는지에 관한 이야기가 제일 많았다. 황제 요의 이야기는 더이상 아무도 꺼내지 않았고, 기껏해야 단주 태자가 장래성이 없다는 이야기나 할 뿐이었다.

우가 귀경한다는 소식이 퍼진 지도 꽤 오래되어 날마다 사람들이 그의 의장대가 오는지 보려고 성 입구에 모여들었다. 그런데 전혀 나타나지 않았다. 소식은 점점 맹렬히 퍼지고 그럴수록 더 진짜 같았다. 날이 흐리다 맑다 하던 어느 오전, 많은 백성들이 모여든 가운데 우가 마침내 기주의 수도에 들어섰다. 앞에는 의장대도 없었고 그저 거지꼴의 수행원들 한 무리뿐이었다. 맨 끝은 손도 크고 발도 큰 한 대장부였는데, 검은 얼굴에 노란 수염이 나고, 다리는 약간 굽었고 두 손에 새까맣고 뾰족한 큰 돌—순임금이 하사한 '현규'**—를 들고서 "실례합니다, 실례합니다! 비켜주세요, 비켜주세요!"라고 소리치면서 사람들 무리를 헤치고 황궁으로 들어갔다.

백성들이 궁문 밖에서 환호성을 지르며 이러쿵저러쿵하는데, 그 소리가 마치 뇌수耒水***의 파도 소리 같았다.

---

* 중국 신화의 물귀신으로, 우의 치수 사업을 방해했다고 한다.

** 검은빛의 옥. 제후나 대부들이 조회나 제사 때 손에 들었던 길고 뾰족한 옥기(玉器)다.

*** 중국에서 두번째로 큰 호수인 동정호로 흘러들어가는 지류 중 하나.

용상에 앉아 있던 순임금은 적지 않은 나이인지라 피로하였는데 이때는 순간적으로 놀란 것 같았다. 우가 다가오자 얼른 정중하게 일어나 예를 갖추었고, 고도가 먼저 몇 마디 응대를 하고 나서 순이 말했다.

"그대도 내게 좋은 얘기를 좀 들려주시게나."

"흠, 제가 무슨 말을 하겠습니까?" 우가 거칠게 대답하였다. "저는 그저 날마다 열심히 생각했습니다."

"열심히 무엇을 말이오?" 고도가 물었다.

"홍수가 하늘에 닿고," 우가 말했다. "철썩철썩 산을 감싸고 언덕을 잠기게 하고, 백성들이 모두 물에 잠겼습니다. 저는 육로로 갈 때는 수레를 타고, 수로로 갈 때는 배를 타고, 진흙길로 갈 때는 썰매를 타고, 산길로 갈 때는 가마를 탔습니다. 산에 가면 나무를 베어내서 익과 둘이서 사람들에게 밥과 고기를 먹였습니다. 논의 물을 강으로 빼내고 강의 물을 바다로 빼내었으며, 직과 둘이서 사람들에게 구하기 어려운 것을 먹였습니다. 먹을 것이 부족하면 남는 곳에서 조절하여 부족분을 채웠습니다. 이주도 시켰습니다. 이렇게 하자 다들 평온을 되찾고, 각 지방이 안정되었습니다."

"그래, 그래, 그 말이 참으로 좋소!" 고도가 칭찬하며 말했다.

"예!" 우가 말했다. "황제가 되는 자는 신중하고 침착해야 합니다. 하늘에 진심을 다해야 하늘이 변함없이 좋은 걸 주지요!"

순임금이 한숨을 내쉬며 그에게 나라의 중대사를 관리해달라 맡기고는, 할말이 있으면 앞에서 하고 뒤에서 험담을 하지는 말라고 했다. 우가 응낙하는 것을 보고 순임금은 다시 한숨을 쉬며 말했다. "절대 단주를 닮지 마시게. 말도 안 듣고 빈둥거리기만 좋아하고, 마른 땅에서 배를 끌라 하고 집에서도 난리를 피우니, 어디 살겠는가. 정말 보고 있을 수가 없소!"

"저는 장가간 지 나흘 만에 집을 떠났습니다." 우가 대답하며 말했다. "아계를 낳았을 때도 아들이라고 돌보지 않았습니다. 그리하여 치수를 할 수 있었지요. 다섯 구역으로 나누어 꼭 오천리, 합쳐 열두 개의 주로, 해변에까지 이르는 데 다섯 명의 두령을 세웠고 모두 훌륭합니다. 유묘*만은 문제가 있으니, 조심하셔야 합니다."

"내 천하가 참으로 오직 그대의 공으로 온전하구나!" 순임금이 칭찬하며 말했다.

그리하여 고도도 순임금과 함께 숙연하게 존경을 표하며 고개를 숙였다. 조정에서 물러나와 그는 바로 특별 명령을 내려 모든 백성들에게 우의 몸가짐을 배우도록 했고, 만일 이를 어길 시에

---

* 요, 순, 우 시대 중국 남방의 부족.

"내 천하가 참으로 오직 그대의 공으로 온전하구나!"

는 바로 벌로 다스릴 것이라 했다.

이로 인해 무엇보다 상인들이 큰 공황에 빠졌다. 하지만 다행히도 우 나리는 귀경한 뒤 태도가 조금 변했다. 먹고 마시는 것에는 그리 신경을 쓰지 않았으나 제사나 불사를 지낼 때는 호사스러웠다. 옷은 대충 입었지만 궁에 들어가거나 객을 맞을 때는 화려하게 입었다. 그래서 시장에는 그리 타격이 없었다. 머지않아 상인들은 우 나리의 몸가짐은 정말 배워야 한다고, 고두 나리의 새 법령도 훌륭하다고들 말했다. 그리하여 뭇짐승들이 춤을 추고 봉황도 날아와 함께 모여 흥청거리는 태평성대가 되었다.

1935년 11월 씀.

고사리를 따다

采薇

1

최근 반년 동안 왜 그런지 모르지만 양로원도 그리 평온하지 않았다. 몇몇 노인들은 머리를 맞대고 귓속말을 나누기도 하고 들락날락거리는데 기운이 넘쳤다. 백이만 쓸데없는 일에 관심이 없었다. 가을이 되어 추워진데다 나이든 몸의 백이는 추위를 타서 온종일 계단에 앉아 햇볕을 쬐었다. 설령 바삐 오가는 발소리가 들려도 절대 고개를 들어 쳐다보지 않았다.

"형님!"

목소리만 들어도 숙제라는 걸 알았다. 백이는 원래 예의와 겸양을 가장 중시하는 사람이어서, 고개를 들기 전에 먼저 몸을 일으키고 손을 내밀었다. 아우더러 계단에 앉으라는 뜻이었다.

“형님, 시국이 그리 좋지 않은 듯합니다!” 숙제가 나란히 앉고서 숨을 몰아쉬며 말했다. 목소리가 약간 떨렸다.

“어째 그러느냐?” 백이가 그제야 얼굴을 돌려 쳐다보았다. 숙제의 원래 창백한 얼굴이 더 하얗게 보였다.

“상왕*한테서 도망쳐 온 두 맹인 일 들으셨지요.”

“응, 며칠 전에 산의생**이 말한 것 같다. 난 관심 없지만.”

“제가 오늘 가봤습니다. 한 사람은 태사 자고, 다른 이는 소사 강인데, 악기를 많이 가져왔더군요.*** 몇 시간 전에 전람회를 열었는데, 관람객들이 다들 감탄을 연발했다고 하네요. 그런데 이쪽에서 병사를 움직일 것 같습니다.”

“악기 때문에 병사를 움직이는 건 선왕先王의 도리에 맞지 않지.” 백이가 천천히 말했다.

“악기 때문만은 아닙니다. 상왕이 무도하다는 걸 진즉에 못 들으셨어요? 물이 찬 것도 아랑곳하지 않고 아침에 강을 건너던 사

* 상나라 마지막 임금인 주(紂)를 가리킴.

** 주나라 초의 공신. 상나라 말에 주 문왕에게 귀의했다.

*** 태사, 소사는 모두 악관(樂官)의 명칭이다. 『사기』「주본기」에 따르면 주가 어리석고 포악하여 왕자 비간을 죽이고 기자를 가두자, 태사인 자(疵)와 소사인 강(强)이 악기를 가지고 주나라로 도망하였다고 한다.

람의 다리를 도끼로 찍어 그 골수를 보고, 비간 왕자의 심장을 파내서 구멍 일곱 개가 정말 있는지 보았다고 하잖습니까? 전에는 그저 소문이었는데, 맹인들의 이야기를 들으니 사실이었습니다. 상왕이 옛 법도를 어지럽히고 있는 게 명명백백하게 증명되는 것이지요. 옛 법도를 어지럽히는 일은 마땅히 응징해야 합니다. 한편으로는 아랫것들이 위를 공격하는 것도 결국 선왕의 도에 합당하지 않은 것 같고요……"

"요새 밀전병이 날마다 작아져가는 것을 보니 분명 무슨 일이 날 것 같구나." 백이가 잠시 생각에 잠겼다가 말했다. "내 생각엔 너도 바깥출입을 줄이고, 말도 줄이고, 예전처럼 날마다 태극권이나 하는 게 좋을 듯하다!"

"그러지요……" 숙제는 윗사람에게 깍듯해서, 나지막이 응답했다.

"너도 생각해보거라." 백이는 숙제가 속으로는 수긍하지 않음을 눈치채고 말을 이었다. "우리는 손님이다. 서백*이 기꺼이 노인들을 거두어 여기에 묵는 것이잖느냐. 밀전병이 작아져도 물론 아무 말 말아야 하지만, 설사 무슨 일이 일어나더라도 아무

---

* 주나라 문왕. 상나라 주왕 때 서백이었고, 죽어서 문왕으로 봉해졌다. 『사기』「주본기」와 「백이열전」에 '서백은 노인들을 잘 봉양했다'고 언급되어 있다.

말 말아야 한다."

"그럼, 우린 그저 여생이나 보내려고 늙은 거로군요."

"말을 줄이는 것이 가장 좋지. 난 그런 일에 귀기울일 기운도 없구나."

백이가 콜록거렸고 숙제도 더이상 입을 열지 않았다. 백이가 기침을 멈추자 주위가 온통 조용했다. 늦가을의 석양이 두 하얀 수염을 비추며 반짝거리고 있었다.

2

그런데 불안은 계속 커져만 갔다. 밀전병은 갈수록 작아지고 거칠어졌다. 양로원 사람들은 더욱더 머리를 맞대고 귓속말을 나누었다. 밖에서는 수레와 말이 지나가는 소리만 들렸다. 숙제는 더욱 자주 문밖으로 나갔다. 돌아와서는 아무 말이 없었지만 불안한 표정이어서 백이 또한 편히 쉴 수 없었다. 백이는 앞으로 이렇게 밥도 편하게 못 먹을 것 같은 느낌이 들었다.

11월 하순, 숙제가 평소대로 일찍 일어나서 태극권을 하려고 했다. 그런데 마당에 들어섰을 때 무슨 소리를 듣더니 대문을 열고 밖으로 뛰어나갔다. 밀전병을 열 장 구울 정도의 시간이 지나

“말을 줄이는 것이 가장 좋지. 난 그런 일에 귀기울일 기운도 없구나.”

고 몹시 허둥거리며 뛰어들어왔는데, 코가 빨갛게 얼었고 입에서도 하얀 김을 뿜어냈다.

"형님! 일어나십시오! 출병했습니다!" 그가 백이의 침상 앞에서 공손하게 손을 모아내리고 서서 크게 소리쳤다. 목소리가 평소보다 거칠었다.

백이는 추위를 타서 이렇게 일찍 일어나는 게 썩 내키지 않았지만, 워낙 우애가 깊은 사람인지라 아우가 다급해하는 모습을 보고는 어쩔 수 없이 이를 악물고 일어나 앉아, 가죽 두루마기를 걸치고 이불 속에서 천천히 바지를 입었다.

"제가 막 태극권을 하려는데," 숙제가 백이를 기다리며 말했다. "밖에서 사람하고 말이 오가는 소리가 들려서 얼른 큰길에 나가 보았지요. 정말 왔습니다. 선두에는 하얀 비단을 두른 큰 가마가 있었는데, 여든한 명이 들고 있더라고요. 가마 안에는 신주가 있는데 '대大 주周 문왕 신위'라고 적혀 있었습니다. 그 뒤로 병사들이 쭉 따르고요. 제 생각에는 이건 분명 주왕紂王*을 토벌하려는 겁니다. 지금 주왕周王**은 효자이니, 큰일을 일으키면서 아버지 문왕을 앞에 내세우는 겁니다. 조금 보다가 뛰어들어

* 상나라의 주왕.

** 주나라의 무왕을 가리킴.

왔는데, 우리 양로원 담에 공고문이 붙었지 뭡니까……"

백이가 옷을 다 입고 나서, 형제는 방을 나섰다. 찬 기운이 느껴져 얼른 몸을 움츠렸다. 평소에 그리 돌아다니지 않던 백이는 대문을 나서자 바깥 풍경이 새로웠다. 몇 걸음 안 가서 숙제가 손을 뻗어 담장을 가리켰다. 정말 큰 공고문이 붙어 있었다.

> 지금 은*나라 주왕紂王을 보건대, 그는 부인의 말에 따르며 하늘을 배척하고, 삼정三正을 문란케 했으며 부모형제를 내쳤다. 조상의 음악을 폐기하고 음탕한 소리를 만들어 바른 음악을 어지럽히고 자신의 부인을 즐겁게 했다. 그러하매 나는 천벌을 받들어 행하고자 한다. 힘쓸지어다, 제군들이여! 두 번도 없고, 세 번도 없다! 이에 고함.

두 사람은 공고문을 다 읽고 나서 아무 말도 하지 않은 채 곧장 큰길로 걸어갔다. 길가에 사람들이 물샐틈없이 빽빽이 서 있는 모습이 눈에 들어왔다. 두 사람이 뒤에서 "실례합니다"라고 말하자, 사람들이 돌았고 수염이 하얀 두 노인들이라 왕이 내린 노인 공경 칙서에 따라 얼른 비키며 두 사람을 앞으로 보내주었

* 주왕조에서 상나라를 낮추어 보는 의미로 은나라로 호칭하기도 하였다.

다. 선두에 있는 신주는 이미 보이지 않고 갑옷을 입은 병사들만 줄지어 가고 있고 있었다. 대략 큰 전병 삼백쉰두 장을 부칠 시간쯤이 지나서야 다른 병졸들이 보였다. 어깨에 오색구름 같은 구류운한기*를 맸다. 그 뒤에는 다시 갑옷을 입은 병사들이었고 말을 탄 상급 문무 관료가 잇따랐다. 큰 대열을 이루어 왕을 옹위하고 있었다. 왕은 붉은빛 얼굴에 구레나룻이 있었다. 왼손에는 노란 도끼를 들고 오른손에는 하얀 소꼬리를 든 모습이 위풍당당했다. 바로 '천벌을 받들어 행하'는 주왕周王 발發이었다.

큰길에 양쪽으로 선 사람들이 움직이지도 않고 소리도 내지 않으며 다들 진지하게 존경을 표했다. 온통 조용한 가운데 경계가 소홀한 틈을 타 숙제가 백이를 끌고 앞으로 달려나갔다. 말머리들을 뚫고 지나가 주왕의 말고삐를 움켜쥐고 목청껏 소리를 질렀다.

"아비가 죽었는데 장례도 치르지 않고 군사를 일으키는 걸 '효'라고 할 수 있습니까? 신하가 주군을 죽이려 하는 걸 '인'이라 할 수 있습니까?"

처음에는 길가의 사람들이, 이어 수레 앞의 무사들이 다들 놀

* 『사기』 「주본기」에 나오는 내용이다. 운한과 구류는 깃발의 명칭이다. 무왕이 주왕을 이긴 후 제전(祭典)을 거행했는데, 백 명이 운한기를 들었다는 언급이 있다.

"아비가 죽었는데 장례도 치르지 않고 군사를 일으키는 걸 '효'라고 할 수 있습니까? 신하가 주군을 죽이려 하는 걸 '인'이라 할 수 있습니까?"

라서 어리둥절해했다. 주왕이 손에 들고 있는 하얀 소꼬리조차 도 휘어졌다. 하지만 숙제가 말을 다 마치기도 전에 쨍그렁 소리가 나면서 그의 머리를 치려는 여러 개의 큰 칼이 나타났다.

"잠깐!"

강태공*의 목소리라는 걸 누구나 아는데 어찌 감히 말을 듣지 않을 것인가. 그리하여 다들 얼른 칼을 멈추고, 수염도 머리도 백발에 얼굴은 둥글고 통통한 그를 바라보았다.

"의인이니라. 놓아주거라!"

무사들이 바로 칼을 거두어 허리띠에 꽂았다. 갑옷 입은 병사 넷이 다가와 백이와 숙제에게 공손하게 차려 자세를 취하고 경례를 한 뒤 두 사람이 양쪽에서 팔을 하나씩 잡고 길가로 똑바로 걸어갔다. 사람들도 이들이 자신들의 뒤로 가도록 얼른 길을 열어주었다.

인파 뒤쪽으로 온 뒤 병사들은 다시 공손하게 차려 자세를 취하며 두 사람의 팔을 놓아준 뒤 등을 힘껏 떠밀었다. 두 사람은 그저 "아야" 비명을 지르며 비틀거리다가 주나라 잣대로 한 자 멀리 넘어져 땅바닥에 처박혔다. 숙제는 그나마 손을 짚어서 얼

---

* 주나라 문왕이 위수에서 낚시질하던 강태공을 발탁하여 나라를 흥하게 하였고, 문왕이 죽은 뒤, 강태공은 무왕을 도와 상나라 주왕을 쳤다.

굴에 흙만 묻어 괜찮았지만, 백이는 나이가 있는데다 공교롭게도 돌에 머리를 찧어서 혼절하고 말았다.

3

군사들이 지나가고 더이상 아무것도 보이지 않자 사람들은 방향을 바꾸어 누워 있는 백이와 앉아 있는 숙제를 둘러쌌다. 둘을 아는 사람 몇이 사람들에게 이 두 사람은 요서 지역 고죽군의 세자들로, 왕위 자리를 서로 양보하다가 같이 여기로 와서 선왕이 세운 양로원에 들어갔다고 말해주었다. 이 이야기를 듣고 사람들이 잇달아 찬탄했다. 몇 명은 몸을 굽히고 고개를 기울여 숙제의 얼굴을 살펴보았고, 몇 사람은 생강탕을 끓이러 집에 갔으며, 다른 몇 사람은 양로원에 사람을 보내 들것을 가져와 모셔 가라고 일러주었다.

밀전병을 백서너 장 구울 정도의 시간이 흘렀지만 상황은 변화가 없었고, 구경꾼들도 차차 흩어졌다. 한참이 지나서야 두 노인이 들것을 들고 절뚝절뚝 걸어왔다. 들것에는 짚이 깔려 있었다. 그것은 문왕이 노인 공경을 위해 정한 옛 규정에 따른 것이었다. 들것을 땅바닥에 쾅 내려놓는 소리에 백이가 놀라서 갑자기 눈을 떴다. 정신을 차린 것이다. 숙제가 기뻐서 소리를 지르며 두 노인을 도와 천천히 백이를 들것에 싣고 양로원으로 향했다. 숙제는 옆에서 들것에 달린 노끈을 잡고 바짝 뒤를 따랐다.

육칠십 걸음을 갔을 때, 멀리서 누군가 외치는 소리가 들렸다.

"여보세요! 잠깐만요! 생강탕이요!" 보아하니 한 젊은 부인이 손에 항아리를 들고 이쪽으로 달려오는데, 생강탕이 넘칠까봐 빨리 뛰지를 못했다.

다들 멈춰서서 그녀가 오기를 기다렸다. 숙제가 호의에 감사를 표했다. 부인은 백이가 이미 깨어난 걸 보고는 조금 실망한 것 같았다. 잠시 생각을 해보더니 그래도 마시면 위가 따뜻해질 거라면서 권했다. 하지만 백이는 매운 것을 싫어해서 한사코 마시려 하지 않았다.

"이거 어쩌지요? 팔 년 묵힌 생강으로 끓인 건데. 다른 집에는 이런 것 없어요. 우리집에 매운 것을 잘 먹는 사람도 없고……" 부인이 약간 불쾌한 기색을 보였다.

숙제가 하는 수 없이 항아리를 받아들고 어르고 달래면서 백이를 설득하여 한 모금 하고도 반 모금을 마시게 했지만 그래도 많이 남자, 자신도 위가 아프다며 전부 마셔버렸다. 눈가가 빨개진 채 공손하게 생강탕의 위력을 치켜세우고 그 부인의 호의에 감사를 표하고서야 이 대분란이 해결되었다.

양로원으로 돌아온 뒤에도 그들에게는 아무런 후유증이 없었다. 사흘째가 되자, 이마가 크게 부풀어오르긴 했지만 백이는 침상에서 일어날 수 있었다. 하지만 입맛은 없었다.

관리들과 백성들이 두 사람을 세상일에 초연하게 놔두려 하질 않았다. 시시각각 그들을 어지럽게 하는 소식을 전해왔다. 관보일 때도 있었고 신문일 때도 있었다. 12월 말, 대군이 맹진을 건넜는데 제후들이 하나도 빠지지 않았다고 했다. 얼마 안 있어 무왕의 「태서」* 사본이 왔다. 양로원에서 보라고 일부러 만든 사본으로 노안을 감안해 모든 글자가 호두만큼 크게 쓰여 있었다. 그래도 백제는 챙겨 보지 않고 숙제가 낭독하는 것만 한 번 들었을 뿐이다. 다른 내용들은 아무렇지 않았는데, "멋대로 조상을 버리고 제사를 올리지 않고, 어리석게도 나라도 버리고……"라는 몇 구절을 듣고 단장취의斷章取義하여 마음이 상했다.

소문도 무성했다. 누구는 주나라 부대가 목야에서 주왕紂王의 부대와 큰 전투를 벌여 시체가 들판에 가득하고 피가 강을 이루어 곤봉이 물위의 풀처럼 그 위에 떠다녔다고 했다. 그런가 하면 또다른 이는 주왕의 병사들이 칠십 만이었지만 전투 한번 해보

---

* 맹진에서 무왕의 군대가 선전포고한 글을 「태서」라 하고, 나중에 수도 근처에서 승리하고 나서 다시 포고한 글을 「목서」라고 하는데, 여기서 언급한 것은 「목서」이다.

지 못하고, 강태공이 이끄는 대군을 보자마자 도리어 몸을 돌려 무왕을 위해 길을 열어주었다고도 했다.

이 두 소문이 조금 다르기는 했지만, 무왕의 군대가 전투에서 이겼다는 것만큼은 확실해 보였다. 그뒤 녹대鹿臺의 보물과 거교巨橋의 쌀*이 실려 왔다는 소리가 들려와 승리를 더욱 확실히 증명했다. 부상병들도 속속 돌아온 걸 보니, 아무래도 큰 전투를 치르기는 한 모양이었다. 간신히라도 걸을 수 있는 병사들은 찻집이나 술집, 이발소, 남의 집 처마 밑이나 문 앞에 앉아서 전쟁 이야기를 했다. 어디든 끝내 사람들이 모여들어 흥미진진하게 그들의 이야기를 들었다. 봄이 왔고 밖에 나가 있어도 그리 춥게 느껴지지 않아서 이야기는 밤까지도 기운차게 이어졌다.

백이와 숙제는 둘 다 소화불량에 걸렸다. 매번 자기 몫의 밀전병을 다 먹지 못했다. 하던 대로 날이 어두워지면 잠자리에 들긴 해도 좀처럼 잠도 이룰 수가 없었다. 백이는 엎치락뒤치락거리기만 했고, 숙제는 이 소리를 들으며 초조하고 마음 아파했다. 그럴 때면 그는 다시 일어나서 옷을 입고, 마당으로 나가 거닐거나 태극권을 연습했다.

* 둘 다 상나라 주왕의 창고로, 녹대에는 보석과 옥, 돈, 비단 등을 보관하였고, 거교에는 쌀과 곡식을 보관하였다.

별만 있고 달은 없던 어느 날 밤이었다. 다들 조용히 잠들었는데 대문 앞에서 몇몇이 아직도 이야기를 하고 있었다. 숙제는 원래 남의 말을 엿듣는 사람이 아니지만, 이번에는 왠지 모르게 발걸음을 멈추고 귀를 기울였다.

"주왕紂王 그 개새끼, 싸움에서 지니까 들입다 녹대로 줄행랑을 쳤어." 말하는 사람은 전투에서 돌아온 부상병인 듯했다. "개새끼, 보물을 쌓아놓고 그 위에 앉은 다음 불을 붙였대."

"어휴, 얼마나 아까워!" 이건 분명 문지기 목소리였다.

"무슨! 자기만 불타 죽고 보물은 안 탔다네. 우리 대왕이 제후들을 데리고 상나라에 들어갔는데, 저들 백성들이 모두 교외까지 나와 환영했어. 대왕이 대인들을 시켜 그들더러 '복 받으십시오!' 하고 소리치라니까, 사람들이 다 머리를 조아렸지. 곧장 치고 들어갔는데 문마다 두 글자가 크게 붙어 있었어. '순민順民'이라고. 대왕의 수레가 녹대로 한걸음에 달려가서 주왕이 자진한 곳을 찾아 화살 세 발을 쏘고……"

"왜? 안 죽었을까봐?" 다른 한 사람이 물었다.

"누가 알겠어. 그런데 세 발을 쏘고는 다시 양날검을 꺼내 단숨에 베고서 또 노란 도끼를 꺼내서, 척! 그의 머리를 베어낸 뒤 커다란 하얀 깃발에 내걸었어."

숙제는 깜짝 놀랐다.

"그런 뒤 주왕의 두 어린 마누라를 찾으러 갔지. 헛, 벌써 죄다 목을 매어버린 거야. 대왕이 또 화살 세 발을 쏘고 검을 꺼내 싹둑, 그런 뒤 이번에는 검정 도끼를 들고 여자들 머리를 날려 작은 하얀 깃발에 내걸었어. 이렇게 해서……"

"그 두 첩이 정말 예뻐?" 문지기가 그의 말을 잘랐다.

"잘 몰라. 깃대는 높고, 보려는 사람도 많았거든. 난 그때 상처난 곳이 아파서 가까이까지 뚫고 들어가서 보질 못했어."

"그 달기妲己*라는 여자는 여우가 둔갑했는데 두 다리만 사람 모양으로 되질 못해서 천으로 싸고 있다던데 정말이야?"

"누가 알겠어. 나도 그 여자 다리를 못 봤어. 그런데 그쪽 여자들은 정말 발을 돼지발처럼 많이들 해놨어."

숙제는 정숙한 사람이어서, 그들의 이야기가 황제 머리에서부터 여자 발까지 넘어가자 눈살을 찌푸리며 얼른 귀를 막고는 몸을 돌려 방으로 뛰어들어갔다. 잠을 못 이루고 있던 백이가 조용히 물었다.

"또 태극권 하러 갔었느냐?"

숙제는 대답하지 않고 천천히 걸어가 백이의 침상 가에 앉아서 허리를 굽히고는 방금 들은 이야기를 전했다. 그런 뒤 두 사

* 상나라 주왕의 왕비.

람 모두 한참 침묵에 잠겼고, 마침내 숙제가 난감하다는 듯이 한숨을 쉬고는 나직이 말했다.

"문왕의 법도를 완전히 바꿀 줄이야…… 형님도 보십시오, 불효만이 아니라 불인不仁이에요…… 보아하니 이곳 밥도 이제 못 먹겠네요."

"그럼, 어찌해야 하겠느냐?" 백이가 물었다.

"제 생각에는 떠나는 게……"

그래서 두 사람은 몇 마디 의논을 한 뒤 다음날 아침 일찍 이 양로원을 떠나기로 했다. 더이상 주나라의 밀전병을 먹지 않고, 물건도 아무것도 들고 가지 않을 것이다. 형제는 같이 화산華山으로 가서 산열매와 나뭇잎을 먹으며 여생을 보낼 셈이었다. 하늘의 도리는 사사로움이 없나니, 늘 선한 이와 함께 한다는 옛말처럼, 혹시 창출蒼朮이나 복령茯苓* 같은 게 있을지도 모를 일이었다.

작정을 하고 나자 마음이 외려 한결 가벼워졌다. 숙제도 다시 옷을 벗고 누웠다. 얼마 지나지 않아 백이가 잠꼬대하는 소리가 들렸다. 숙제의 기분이 나아졌다. 복령의 맑은 향이 풍기는 것 같았고, 이어 그 복령의 맑은 향 속에서 깊은 잠에 빠졌다.

* 각각 국화와 버섯의 일종으로, 약재로 쓰인다.

4

이튿날 형제 둘 다 평소보다 일찍 잠에서 깨어 머리를 빗고 세수도 했으나 아무것도 챙기지 않았다. 사실 가지고 갈 만한 게 없기도 했다. 낡은 양가죽 두루마기만 아까워서 그대로 몸에 걸쳤다. 지팡이와 남겨둔 밀전병을 들고서 산책 간다고 말하고 곧장 양로원 문을 나섰다. 이제 영영 이별이로구나, 하고 속으로 생각했다. 아무래도 조금 미련이 남는 것 같아서 몇 번 뒤돌아보았다.

거리에는 아직 행인들이 많지 않았다. 마주치는 사람이라야 졸린 눈으로 우물에서 물을 긷는 여자들뿐이었다. 교외에 거의 이르렀을 때에 해는 벌써 높이 떠올랐고 길에 사람도 많아졌다. 고개를 들고 우쭐해서 걷던 이들도 두 사람을 보면 예전처럼 길을 비켜주었다. 나무도 많아졌다. 이름을 모르는 낙엽수에는 벌써 새싹이 돋아나 마치 연녹색 엷은 안개가 피어난 듯했다. 그 사이에 끼어 있는 소나무와 잣나무는 흐릿한 가운데서 푸르름이 돋보였다.

눈이 확 트였고, 자유롭고, 멋있었다. 백이와 숙제는 젊어지는 기분이었다. 발걸음도 가벼웠고 마음도 홀가분했다.

이튿날 오후, 몇 가닥 갈림길을 앞에 두고 어느 길로 가야 할지 결정을 내리지 못했다. 마주 오는 한 노인을 잡고서 상냥하게 물었다.

"어휴, 어떡하나." 그 노인이 말했다. "조금만 일찍 오셨으면 좀전에 지나간 말떼를 따라갔으면 좋았을 텐데요. 지금은 우선 이 길로 가세요. 앞에 갈림길이 많은데 그때 다시 물어보세요."

그 말을 듣고 숙제는 정오 무렵 패잔병들을 만났던 게 생각났다. 늙은 말, 쇠약한 말, 발을 저는 말, 피부에 부스럼이 난 말 한 무리가 뒤에서 달려와서 하마터면 그들을 밟아 죽일 뻔했다. 노인을 만난 김에 아까 그 말들이 뭐하러 갔던 거냐고 물었다.

"아직 모르세요?" 그 사람이 대답했다. "우리 대왕께서 '천벌을 받들어 행하'셨고, 더이상 사람들을 동원해 군대를 일으킬 필요가 없어서 말을 화산 기슭으로 돌려보내는 겁니다. 이게 바로 '말을 화산 남쪽으로 돌려보낸다'는 것이지요. 아시겠어요? 우리도 '소를 복숭아나무 들판에 풀어주었'고요!* 하, 정말 이번에야말로 다들 태평성대를 누리게 생겼지요."

그런데 두 사람에게는 이 일이 뜻밖에도 찬물을 뒤집어쓴 격이어서 둘은 동시에 몸서리를 쳤다. 하지만 내색하지 않은 채 노인에게 고맙다 말하고는 그가 가리켰던 길을 향해 걸었다. 공교

---

* 주나라 무왕이 상나라를 멸한 뒤 전쟁이 끝났으며 더는 전쟁을 하지 않겠다는 것을 알리기 위해 소와 말을 돌려보냈다고 한다.

롭게도 '말을 화산 남쪽으로 돌려보낸다'는 말이 결국 그들의 꿈을 짓밟아버렸고 두 사람은 이때부터 심란해졌다.

둘은 마음이 어수선하여 아무 말도 없이 그저 걷기만 했다. 해질녘이 되어 그리 높지 않은 황토 산등성이 근처에 이르렀다. 위에 숲이 조금 있었고 흙집들이 몇 채 있었다. 그들은 길을 오면서 의논하여 이곳에서 하룻밤 묵어가기로 했다.

산등성이 밑까지 십여 걸음 남았을 때 숲에서 건장한 장정 다섯 명이 튀어나왔다. 머리에는 하얀 천을 두르고 누더기 차림을 하고, 우두머리는 큰 칼을, 나머지 넷은 곤봉을 들고 있었다. 산등성이 아래에 도착하자 그자들이 일자로 늘어서서 길을 막고는 일제히 공손하게 고개를 숙이며 소리쳤다.

"어르신들, 안녕하십니까!"

둘은 놀라서 몇 걸음 뒤로 물러났다. 백이는 다만 덜덜 떨 뿐이었고, 그래도 유능한 숙제가 천성대로 앞으로 나아가 그들이 누구이고 무슨 일인지 물었다.

"소인이 바로 화산 대왕 소궁기小窮奇입니다." 칼을 든 자가 말했다. "어르신들께 노잣돈을 좀 내려주십사 청하려고 형제들을 데리고 왔습지요."

"우리가 돈이 있어야지요, 대왕." 숙제가 겸손하게 말했다. "우리는 양로원에서 나오는 길입니다."

"어이쿠!" 깜짝 놀란 소궁기가 이내 경건히 옷깃을 여몄다. "그럼 두 분이 바로 '세상의 큰 어른'이시군요. 소인들도 선왕의 유지를 따라 어른들을 공경합지요. 그래서 선생들께서 기념품을 좀 남겨주십사……" 대답이 없는 숙제를 보고는 소궁기가 큰 칼을 휘두르며 소리를 높여 말했다. "노선생들께서 계속 겸손을 떤다면 이 소인들이 몸을 수색하는 수밖에 없으니, 선생들의 옥체를 잠시 살피겠습니다!"

백이와 숙제는 이내 두 손을 들었다. 곤봉을 든 사내 하나가 둘의 가죽 두루마기와 솜저고리, 적삼을 들추며 샅샅이 뒤졌다.

"둘 다 빈털터리잖아. 정말 아무것도 없어요!" 그가 얼굴에 실망한 기색이 가득한 채 고개를 돌려 소궁기에게 말했다.

백이가 떨고 있는 것을 보고서 소궁기가 다가가 공손하게 어깨를 두드리며 말했다.

"노선생, 떨지 마십시오. 상하이파라면 '돼지 껍질을 벗기겠지만'* 우리는 문명인들이어서 그런 장난은 안 합니다. 무슨 기념품도 없고, 우리가 운이 없는 셈 치지요. 이제 어르신들은 꺼지시면 됩니다!"

백이는 대답도 제대로 못하고 옷도 미처 수습하지 못한 채 숙

* 상하이 강도들이 행인의 옷을 벗기곤 했다.

제와 함께 땅만 보고 큰 걸음으로 달렸다. 다섯 명은 이미 옆으로 비켜서서 길을 내주었다. 그들은 두 사람이 앞을 지나가는 모습을 보며 공손하게 두 손을 모으고 한목소리로 물었다.

"가시게요? 차도 안 마시고요?"

"안 마셔요. 안 마셔……" 백이와 숙제가 가면서 말했다. 쉼 없이 고개를 끄덕이면서.

5

'말을 화산 남쪽으로 돌려보낸다'는 말과 화산 대왕 소궁기로 인해 두 의사義士는 화산이 무서웠다. 그래서 다시 의논한 끝에 방향을 북쪽으로 돌렸다. 밥을 얻어먹고, 새벽에 길을 나서고 밤늦게야 잠에 들면서, 마침내 수양산首陽山에 도착했다.

확실히 명산이었다. 높지도 깊지도 않고 큰 숲도 없어서, 호랑이나 이리를 걱정하거나 강도를 염려할 필요도 없었다. 이상적인 은둔처였다. 두 사람이 산기슭에 이르러 둘러보니 새잎들이 파랗고, 토지는 황금빛이고, 들풀 속에는 빨갛고 하얀 작은 꽃들이 피어 있어 보기만 해도 눈과 마음이 즐거웠다. 둘은 마음에 즐거움이 넘쳐 지팡이로 산길을 짚으며 한 걸음 한 걸음 올라갔

그래서 다시 의논한 끝에 방향을 북쪽으로 돌렸다.
밥을 얻어먹고, 새벽에 길을 나서고 밤늦게야 잠에 들면서,
마침내 수양산에 도착했다.

다. 위로 돌이 튀어나와 있는 장소를 찾았는데, 동굴이 있는 곳 같았다. 둘은 앉아서 땀을 닦으며 숨을 골랐다.

그때 해는 벌써 서쪽으로 기울고 지친 새들이 숲으로 돌아와 지지배배 울었다. 산을 오를 때의 고요함은 사라졌어도 오히려 새롭고 재미있었다. 양가죽 두루마기를 깔고 잘 준비를 하기 전에 숙제가 커다란 주먹밥 두 개를 꺼내 백이와 함께 배불리 먹었다. 오는 길에 얻은 밥이었다. 두 사람은 '주나라 밥은 먹지 않는다'고 정했기에 수양산에 들어왔으니 실천할 수밖에 없었다. 그래서 이날 밤, 주먹밥을 다 먹어치우고 내일부터 철저히 지키고, 절대로 융통성을 발휘하지 않기로 했다.

이른 아침에 까마귀 소리 때문에 잠이 깨었다가 다시 잠들었다. 일어나보니 벌써 낮 무렵이었다. 백이는 허리가 아프고 다리가 쑤셔서 그야말로 일어설 수가 없었다. 하는 수 없이 숙제 혼자 먹을 만한 것이 있는지 찾아 나섰다. 숙제는 조금 돌아다녀보고는 이 산이 높지도 깊지도 않고, 호랑이도 이리도 강도도 없는 것은 장점이지만, 그 때문에 단점도 있다는 것을 발견했다. 산 아래가 바로 수양촌首陽村이어서 땔감을 하러 오는 노인이나 여자들이 늘 있고 아이들도 놀러오니 그 사람들이 일찍이 다 따간 듯, 먹을 만한 과일 같은 것을 하나도 찾을 수가 없었다.

숙제는 자연스럽게 복령을 떠올렸다. 그런데 산에 소나무는 있어도 노송이 아니어서 뿌리에 복령이 없을 듯했다. 설령 있더라도 호미가 없으니 캘 방법이 없었다. 이어서 창출도 생각했다. 하지만 그는 창출의 뿌리만 봤지 그 잎 모양은 전혀 몰랐다. 온 산의 풀을 죄다 뽑아볼 수도 없는 일이어서 창출이 눈앞에 있어도 알아볼 도리가 없었다. 마음이 다급해지고 얼굴에 열이 올라 머리를 움켜쥐었다.

하지만 바로 평정을 되찾았다. 좋은 생각이라도 났는지 소나무 옆으로 가서는 솔잎을 한 주머니 가득 땄다. 그러더니 계곡으로 가 돌멩이 두 개를 찾아서는 솔잎 바깥쪽 파란 외피를 찧은 뒤 물에 씻고, 자근자근 다시 찧어 밀가루 반죽처럼 만들었다. 그러고는 얇은 돌조각 하나를 찾아 들고서 동굴로 돌아왔다.

"셋째야, 뭐 수확이 있느냐? 내 배에서 꼬르륵 소리가 난 지 한참 됐다." 백이가 숙제를 보자마자 물었다.

"형님, 아무것도 없습니다. 이거나 한번 드셔보시지요."

숙제는 근처에서 돌을 두 개 주워서 돌조각을 괸 뒤 솔잎 반죽을 올려놓고 마른 가지를 모아 밑에 불을 붙였다. 한참이 지나고서야 젖은 솔잎 반죽에서 지지직 소리가 들렸고 맑은 향기도 나면서 그들의 입에도 침이 고였다. 숙제가 기뻐하며 미소를 지었다. 강태공의 여든다섯번째 생일날 축하 인사를 갔을 때 잔칫상에서 들은 방법이었다.

향이 나더니 바로 거품이 일었고 금세 점점 말라가는데 영락없이 떡이었다. 숙제가 가죽 두루마기 소매로 손을 감아서 웃으면서 돌을 백이 앞에 내밀었다. 백이가 호호 불면서 떡을 떼려 했고, 마침내 한 조각을 떼어내 얼른 입속으로 밀어넣었다.

백이는 씹을수록 인상을 찌푸렸다. 목을 펴고 몇 번 삼키려다가 웩 하며 토해냈고, 고통을 호소하듯이 숙제를 쳐다보았다.

"쓰구나…… 까칠하고……"

그때 숙제는 정말 깊은 수렁에 빠진 것만 같았다. 희망이 다 사라져버렸다. 덜덜 떨며 한쪽을 뜯어서 씹어보았다. 정말 먹을 게 못되었다. 쓰고…… 까칠하고……

기운이 빠진 숙제가 돌아앉아 고개를 떨구었다. 하지만 계속 생각했다. 곰곰이 생각했다. 깊은 수렁을 기어서 나가는 것 같았다. 오직 앞을 향해 기고 또 기고 있는 것이다. 어느덧 자신이 아이로 변해, 고죽군의 세자로 돌아가 보모의 무릎에 앉아 있는 듯했다. 시골 출신의 보모가 그에게 이야기를 들려주고 있다. 황제黃帝*가 치우와 싸운 이야기, 우임금이 무지기를 잡은 이야기, 그리고 시골 사람들이 흉년에 고사리를 먹은 이야기.

그는 자신이 고사리 생김새를 물어보았었고, 그것을 산에서

* 중국 고대 전설 속 삼황오제 중의 한 사람.

보기도 했던 게 생각났다. 갑자기 힘이 나서 벌떡 일어나 풀숲 속으로 들어가 계속 찾아보았다.

과연, 고사리가 적지 않았다. 얼마 가지 않았는데도 호주머니 절반을 채웠다.

그는 계곡물에 가서 고사리를 씻어가지고 돌아왔다. 역시 솔잎 떡을 만들 때 쓴 돌로 고사리를 구웠다. 잎이 짙은 녹색으로 변하며 익었다. 이번에는 차마 형에게 먼저 주지 못하고 한 가닥을 집어서 자기 입에 넣고는 눈을 감고 씹었다.

"어떻느냐?" 백이가 초조하게 물었다.

"신선합니다!"

두 사람이 웃으며 구운 고사리를 맛보았다. 백이는 형이기 때문에 두 번을 집어먹었다.

그들은 그날부터 고사리를 땄다. 처음에는 숙제 혼자 따러 갔고 백이가 삶았지만, 나중에는 백이도 몸이 조금 건강해져서 같이 따러 갔다. 먹는 법도 다양해졌다. 고사리탕, 고사리죽, 고사리조림, 고사리무침, 고사리싹탕, 말린 고사리나물……

하지만 점점 가까운 곳의 고사리는 다 따버렸다. 뿌리는 남아 있지만 금방 자라는 것은 아니니 날마다 더 멀리 가야 했다. 거처를 몇 번 옮기고 나서도 시간이 좀 지나면 결과는 똑같았다. 게다가 새로 살 곳도 점점 찾기가 어려워졌다. 고사리도 많아야 하고 계곡물에서도 가까워야 하는데 그런 편리한 곳은 수양산에서 그다지 많지 않았다. 숙제는 나이 많은 백이가 자칫하면 중풍에 걸릴까봐 집에 앉아서 계속 요리만 맡으라고 온 힘을 다해 권하고는, 혼자서 고사리를 따러 갔다.

백이는 한 번 사양했다가 결국 그러기로 했고 그때부터 비교적 한가로워졌다. 그런데 수양산에도 사람의 왕래가 있었고 그는 할일이 없는데다, 성격 또한 말이 없던 성격에서 수다쟁이로 바뀌어, 아이들과는 멋쩍어도 나무꾼들하고는 이야기를 나누었다. 순간적으로 즐거워서 그랬는지, 아니면 사람들이 그를 늙은 거지라고 불러서 그랬는지, 백이는 결국 자신들은 원래 요서 고죽군의 아들로, 자기가 큰아들이고, 아우는 셋째 아들이라는 점을 말하고 말았다. 부친이 살아 계실 때 원래는 셋째에게 자리를 물려주려고 했으나, 부친이 돌아가신 후 셋째가 기어이 자신에게 왕위를 양보하려 했다는 것이다. 백이는 부친의 명에 따르는 한편 성가신 일이 생기지 않도록 도망쳤다. 그런데 셋째도 도망칠 줄은 예상하지 못했다. 두 사람은 길에서 우연히 만나 함께 서백, 즉 문왕을 찾아 양로원에 들어갔다. 그런데 지금의 주왕이 '신하된 자가 임금을 살해'할 줄은 몰랐으니, 하는 수 없이 주나라의 음식을 먹지 않으려고 수양산으로 피해 와서 산나물을 먹으며 연명하고 있다…… 숙제가 이를 알고 쓸데없는 말을 했다고 백이를 탓할 때는 벌써 말이 돌아서 수습할 수 없는 지경이 되었다. 하지만 어찌 감히 형을 원망할 수 있겠는가. 그저 속으로만 '아버지가 자리를 형님에게 물려주려 하지 않은 것은 안목이 있어서라고 하지 않을 수 없겠구나' 하고 생각했다.

숙제의 예상은 틀리지 않았다. 소문의 결과는 아주 나빴다. 동네에서 늘 그들 이야기를 할 뿐만 아니라 일부러 그들을 보러 산에까지 오는 사람도 있었다. 그들을 유명인이라고 하는 사람도 있었고, 괴물이라고 보는 사람도, 골동품으로 여기는 사람도 있었다. 어떻게 고사리를 따는지 보려고 따라다니는가 하면 어떻게 먹는지 보려고 에워싸기도 했다. 이래라저래라 하는가 하면 꼬치꼬치 캐묻기도 해 정신이 없었다. 게다가 이 사람들을 겸손하게 대해야지 자칫 방심하여 눈이라도 찌푸리면 누군가가 "신경질을 낸다"고 말하는 것을 피할 수 없었다.

하지만 주로 더 좋은 쪽으로 알려지긴 했다. 나중에는 아가씨들과 부인들도 몇 사람 보러 왔다가 돌아가서는 다들 고개를 흔들면서 "보기 안 좋았다"며 크게 속았다고 말할 정도로.

마침내 수양촌에서 제일 지위가 높은 인물인 소병군까지 움직였다. 그는 원래 달기 외숙부의 수양딸 남편으로, 제주祭酒*를 맡

* 잔치를 할 때 덕망 있는 연장자가 술을 하늘과 땅에 바쳤는데, 이로 인해 덕망

고 있었는데, 하늘이 정한 운명대로 귀결되었음을 알고 수레 오십 대와 노비 팔백여 명을 이끌고 새로운 군주에게 투신했다. 그런데 유감스럽게도 맹진에 군사가 집결하기 며칠 전이라 군무軍務가 다망하여 그의 수레와 노비가 제대로 배치되기에는 시간이 부족했다. 그래서 그에게 수레 사십여 대쯤 되는 화물과 노비 칠백오십여 명 가량을 남았고, 무왕은 그에게 따로 수양산 아래 비옥한 밭 이 경頃을 주면서 마을에서 팔괘학을 연구하라고 했다. 그는 문학 하는 것을 좋아했지만 마을 사람들이 다 문맹에 문학 개론도 몰라서 오래전부터 답답하였기에, 하인을 시켜 가마를 타고 두 노인과 문학, 특히 시를 논하러 찾아갔다. 그 자신이 시인이기도 했고 시집도 한 권 냈기 때문이다.

백이, 숙제와 이야기를 나눈 소병군은 가마에 오르자마자 고개를 내저었다. 집에 돌아와서는 화까지 냈다. 그는 두 인간들이 시를 논할 자격이 없다고 생각했다. 첫째는 가난했다. 생계를 도모하느라 여유가 없는데 어떻게 좋은 시를 쓸 수 있겠는가. 둘째는 '인위적'이어서 시의 '돈후함'을 잃었다. 셋째는 주장이 들어 있어 시의 '온유함'을 잃었다.** 특히 그가 문제삼은 것은 두 사람

있는 연장자를 부르는 호칭이 되었다.

** 온유함과 돈후함은 좋은 시를 판별하는 중요한 기준이었다. 에둘러 표현하고 직접적으로 이야기하지 않아야 했다.

의 성품이었다. 모순투성이라는 것이다. 소병군은 의기가 넘쳐 단호하게 말했다.

"'하늘 아래 어디인들 왕의 땅이 아닌 곳이 있을 것인가.'* 그들이 먹고 있는 고사리는 우리 성상聖上의 것이 아니란 말인가!"

백이와 숙제는 하루하루 말라갔다. 응대하느라 바빠서는 아니었다. 그들을 구경하러 오는 사람은 점점 줄었다. 힘든 이유는 고사리 또한 점점 적어지고 있기 때문이었다. 날마다 한 움큼의 고사리를 찾으려면 많은 공을 들여 이리저리 돌아다녀야 했다.

불행은 꼭 겹쳐 오는 법이다. 우물에 빠졌는데 위에서 큰 돌멩이가 굴러떨어지는 격이었다.

어느 날, 두 사람이 고사리를 구워 먹을 때였다. 고사리를 찾기가 쉽지 않아 오후가 되어서야 점심을 먹고 있었다. 스무 살가량 먹은 여자가 불쑥 찾아 왔는데, 처음 보는 얼굴로 차림새를 보아하니 부잣집 하녀 같았다.

"식사하세요?" 여자가 물었다.

숙제가 고개를 들고 얼른 웃음을 지으며 고개를 끄덕였다.

"이런 게 뭐래요?" 여자가 또 물었다.

"고사리요." 백이가 말했다.

---

* 『시경』「소아」에 나온 말.

"왜 이런 걸 먹어요?"

"우리가 주나라 곡식을 안 먹어서……"

백이가 입 밖에 내자마자 숙제가 얼른 눈짓을 했지만 여자는 총명한지 벌써 알아챘다. 여자가 쓱 비웃더니 의기가 넘쳐 단호하게 말했다.

"'하늘 아래 어디인들 왕의 땅이 아닌 곳이 있을 것인가.' 당신들이 먹고 있는 고사리는 우리 성상의 것이 아니란 말인가!"

백이와 숙제는 똑똑히 들었고, 커다란 벼락 같은 마지막 한마디에 그들은 정신이 혼미해졌다. 정신을 차렸을 때 여자는 이미 보이지 않았다. 고사리는, 당연히 먹지 않았다. 앞으로도 먹을 수 없을 것이었다. 보고 있는 것도 부끄러웠고 그걸 옮기려고 해도 마치 몇백 근은 나가는 것처럼 느껴져 들 수가 없었다.

6

나무꾼이 산등성이에 있는 동굴에서 한데 움츠려 죽은 백이와 숙제를 발견했다. 그로부터 대략 스무 날이 지나서였다. 시신은 부패하지 않았는데, 야위긴 했지만 죽은 지 오래되지 않은 듯했다. 낡은 양가죽 두루마기도 깔려 있지 않았고 그게 어디 갔는지

"'하늘 아래 어디인들 왕의 땅이 아닌 곳이 있을 것인가.'
당신들이 먹고 있는 고사리는 우리 성상의 것이 아니란 말인가!"

나무꾼이 산등성이에 있는 동굴에서 한데 움츠려 죽은 백이와 숙제를 발견했다.

알 수는 없었다. 이 소식이 마을에 전해지자 많은 사람들이 보러 오면서, 오고가는 사람들로 밤까지 시끄러웠다. 결국 나서기를 좋아하는 몇 사람이 황토로 두 사람을 그 자리에 묻어주었고, 뿐만 아니라 비석을 세워 몇 자 새겨서 훗날 고적으로 남기자고 했다.

그런데 마을에는 글을 쓸 줄 아는 사람이 없어서 소병군을 찾아가는 수밖에 없었다.

하지만 소병군은 쓰려고 하지 않았다.

"내가 그 사람들에게 글을 써주는 것은 격이 맞지 않네." 그가 말했다. "완전히 바보들이야. 양로원으로 도망친 것은 그렇다고 쳐, 그런데 세상일에 초연하려고도 안 했네. 수양산으로 도망친 것도 그렇다고 쳐, 그런데 시를 지으려고 했네. 시를 짓는 것도 그렇다고 쳐, 그런데 불만이나 터뜨리고, 자기 분수를 지키려 들지도 않고, '예술을 위한 예술'*을 하려고도 안 했네. 보라고, 이런 시가 얼마나 가겠는가.

저 서산에 올라, 그 고사리를 뜯으리.

---

* 중국에서 문학과 예술이 정치나 현실에 개입하는 것을 비판하며 순문예를 주장하던 일파를 가리킴.

강도가 강도를 대신하는데, 그 옳지 않음을 모르는구나.

신농씨와 우하의 시대가 순식간에 지나버렸으니, 나는 또 어디로 갈까?

아아, 죽음이여, 운명의 불운이여!

보라고, 이게 무슨 말인가? 온유함과 돈후함이 있어야 시지. 그 사람들 것은 '원망'에다 온통 '욕'뿐일세. 꽃은 없고 가시만 있다고. 안 그래도 아닌데, 욕만 있으니 원. 설령 문학은 제쳐둔다 해도, 조상의 일을 팽개쳤으니 효자도 아니고, 이곳에 와서는 조정을 조롱했으니 양민良民은 더욱 아닐세…… 난 못 쓰네!"

문맹들은 그가 논하는 내용은 그다지 알아듣지 못했지만 말하는 기세가 거친 모습을 보고 비석을 세우는 일에 분명히 반대한다는 것은 알았다. 그래서 포기할 수밖에 없었다. 백이와 숙제의 장례는 그렇게 일단락을 고했다.

그래도 사람들은 여름밤 더위를 쫓으면서 그들 이야기를 꺼내곤 했다. 두 사람이 늙어 죽었다는 사람도 있고, 병들어 죽었다고 하는 사람도 있고, 양가죽 두루마기를 빼앗으려는 강도에게 죽임을 당했다고 하는 사람도 있었다. 나중에는 그들이 일부러 굶어죽은 것 같다고 말하는 사람도 있었다. 소병군 댁의 하녀 아금저한테서 들은 얘기가 있다는 것이었다. 죽기 십여 일 전에 아금저가 산에 가서 그들을 조롱하는 몇 마디를 했는데, 멍청이들은 성질이 고약한 법이니 아마도 화가 났을 테고, 고집을 피우며 단식을 하다보니 그 고집 때문에 죽음에 이르렀을 것이라는 추측이었다.

그래서 많은 이들이 아금저가 영리하다며 감탄했다. 하지만 그녀가 너무 야박했다고 탓하는 사람도 있었다.

하지만 아금저는 백이와 숙제의 죽음이 자신과 관련있다고 생각하지 않았다. 물론 산에 올라가 농담을 몇 마디 한 것은 사실이었다. 하지만 그건 그저 농담이었다. 그녀는 그 두 멍청이들이 성질이 고약해서 고사리를 먹지 않은 것도 사실이지만, 그 탓에 죽은 게 아니라 도리어 행운이 찾아왔다고 했다.

"하느님은 마음이 좋거든." 그녀가 말했다. "그 둘이 고집을 부려 금방이라도 굶어죽을 것 같으니까 어미 사슴에게 명령을 내려 그들한테 젖을 물려주라고 했어. 보라고, 그 사람들 얼마나 복이 있어? 밭일도 안 해, 나무도 안 해, 그저 앉아만 있으면 날마다 사슴이 저절로 젖을 입에 넣어주니까 말이야. 그런데 천한 것들이 호의를 무시하고, 그 셋째가, 이름이 뭐라더라, 욕심이 끝이 없어서 사슴 젖만으로는 부족했던 거야. 그자가 사슴 젖을 먹으면서 속으로 생각했지. '이 사슴이 살이 쪘으니 잡아먹으면 분명 맛이 나쁘지 않을 거야.' 그러면서 천천히 팔을 뻗어 돌을 집으려고 했지. 하지만 그 사슴이 영험한 동물이라, 사람 마음을 알아채고는 쏜살같이 빠져나와 도망을 쳐버린 거야. 하느님도 그 사람들의 게걸스러움에 질려서 그뒤로는 어미 사슴더러 가지 말라고 했어. 보라고, 그러니 그 사람들이 굶어죽을 수밖에? 그건 내 말 때문이 아니라 자기들 욕심하고 식탐 때문이라고!"*

이 이야기를 듣던 사람들은 끝에 가서 깊은 한숨을 내쉬었다. 왠지 모르게 스스로의 어깨도 적지 않게 가벼워지는 기분이었다. 간혹 백이와 숙제가 떠오르기도 했지만, 그 사람들이 동굴에 웅크려앉은 채 하얀 수염이 난 입을 크게 벌리고는 죽어라 사슴 고기를 먹고 있는 모습이 어렴풋이 보이는 것만 같았다.

1935년 12월 씀.

* 한대 유향의 『열사전』에 언급된 내용이다.

검을 만들다

鑄劍

1

미간척眉間尺이 막 그의 어머니와 잠이 들었는데, 쥐가 나와 솥뚜껑을 갉아대 그의 귀를 거슬리게 했다. 그가 조용히 쫓는 소리를 몇 번 냈지만 처음에만 효과가 있었고, 나중에 쥐들은 전혀 그를 아랑곳 않은 채 지직지직 제멋대로 갉아댔다. 그렇다고 큰 소리로 쫓을 수도 없었다. 낮에 피곤하게 일을 하고 밤에 눕자마자 잠든 어머니를 깨울까봐서였다.

한참이 지나고 조용해졌다. 그도 잠을 청하려고 했다. 그런데 갑자기 풍덩하는 소리가 나 놀라서 다시 눈을 떴다. 동시에 사각사각하는 소리가 들렸다. 발톱으로 항아리를 긁는 소리였다.

'잘됐네! 죽여야겠어!' 그는 그런 생각을 하며 속으로 기뻐하면서 천천히 일어나 앉았다.

그는 침상에서 내려와 달빛에 의지해 문 뒤쪽으로 갔다. 부싯돌을 찾아 관솔에 불을 붙여 물독 안을 비추었다. 과연, 큰 쥐 한 마리가 안에 빠져 있었다. 담아둔 물이 많지 않아 기어 올라오지 못하고 그저 물독 안쪽 벽을 따라 긁으면서 빙글빙글 돌았다.

"그래도 싸다!" 밤새 세간을 갉아 잠도 편히 못 자도록 한 게 이놈이라는 생각에 통쾌하였다. 그는 관솔을 토담의 작은 구멍에 꽂아놓고서 쥐의 모습을 구경하였다. 그런데 쥐의 동그랗게 뜬 작은 눈을 보자 기분이 나빠져, 손을 뻗어 땔감용 갈대 줄기를 꺼내 그걸로 쥐를 물독 바닥까지 눌러버렸다. 조금 지나서 손을 놓자, 그 쥐도 따라 떠올랐고 여전히 물독 벽을 긁으며 빙빙 돌았다. 다만 긁는 힘이 아까만 못했고 눈도 물속에 잠긴 채, 작고 뾰쪽한 빨간 코만 밖으로 내밀고 씩씩거리며 다급하게 숨을 몰아쉬었다.

그는 요즘 코가 빨간 사람을 그리 좋아하지 않았다. 하지만 이번에는 조그맣고 뾰족한 붉은 코를 보자 갑자기 불쌍하다는 생각이 들어 방금 전에 썼던 그 갈대 줄기를 쥐의 배에 대주었다. 쥐는 줄기를 붙잡고서 있는 힘을 다해 갈대 줄기를 따라 기어올라왔다. 녀석의 몸—젖은 까만 털, 볼록한 배, 지렁이 같은 꼬리—을 보자 더 기분이 나빠져서 얼른 갈대 줄기를 털어버렸고, 쥐는 풍덩 소리를 내면서 다시 물독으로 떨어졌다. 그는 이어 쥐가 빨리 가라앉도록 쥐의 머리를 갈대 줄기로 몇 차례 눌렀다.

관솔불을 여섯 번 바꾸고 나자 쥐는 더이상 움직이지 못했다. 물에 떴다 가라앉았다 하면서 때때로 수면에서 미세하게 푸르르 떨었다. 미간척은 문득 다시 불쌍하다는 생각이 들어 바로 갈대 줄기를 꺾고 겨우 쥐를 건져올려 땅에 내려놓았다. 쥐는 처음에는 전혀 움직이지 않다가 나중에는 겨우 약간 숨을 쉬었다. 한참이 지나자 네 다리가 움직였고, 몸을 뒤집더니 일어나 도망가려 했다. 이에 미간척이 깜짝 놀라 자신도 모르게 왼발을 들어 단번에 밟아버렸다. 찍 소리가 났다. 그가 쪼그려앉아 자세히 보니 쥐의 입에 약간 피가 난 게 보였다. 죽은 듯했다.

또다시 불쌍하다는 생각이 든 그는 자신이 큰 잘못을 저지른 것 같아 몹시 괴로웠다. 그는 쪼그려앉아 쥐를 물끄러미 쳐다보며 일어나지를 못했다.

"척아, 뭐하고 있는 거냐?" 잠에서 깬 그의 어머니가 침상에서 물었다.

"쥐……" 그가 얼른 일어서 몸을 돌리며 그저 쥐라는 한 글자만 말했다.

"그래, 쥐구나. 그건 나도 안다. 그런데 넌 지금 뭐하고 있는 거냐? 죽이는 거냐, 살리는 거냐?"

그는 대답이 없었다. 관솔불이 다 탔다. 그는 말없이 어둠 속에 서 있었고, 훤하게 밝은 달빛이 점점 눈에 들어왔다.

"허!" 그의 어머니가 한숨을 쉬며 말했다. "자시子時가 되면 너도 이제 열여섯 살이다. 아직도 성격이 그래갖고, 뜨뜻미지근한 게 조금도 변하지 않는구나. 보아하니 네 아버지 원수를 갚을 사람은 없을 것 같구나."

그는 창백한 달빛 그림자 속에 앉아 있는 어머니를 보았다. 어머니는 온몸을 떠는 것처럼 보였다. 한없는 슬픔이 담긴 낮은 목소리에 그는 모골이 송연할 정도로 오싹해졌다. 그러다 한순간에 온몸에서 뜨거운 피가 끓어오르는 듯했다.

"아버지 원수라니요? 아버지한테 무슨 원수가 있어요?" 그가 어머니에게 몇 걸음 다가가며 급하게 물었다.

"있다. 네가 원수를 갚아야 한다. 일찍부터 너에게 말하고 싶었다만, 네가 너무 어려서 말하지 않았다. 이제 너도 성인이 되었는데 아직도 성격이 그러하니, 날더러 대체 어쩌란 말이냐? 너 같은 성격으로 어떻게 큰일을 할 수 있겠느냐?"

"할 수 있습니다. 말씀해주세요, 어머니. 제가 고칠게요……"

"당연히 그래야지. 나도 이제 말할 수밖에 없구나. 꼭 고쳐야 한다…… 그럼 가까이 오거라."

그가 다가갔다. 그의 어머니는 창백한 달빛 그림자 속에서 두 눈을 반짝반짝 빛내며 침상에 단정하게 앉아 있었다.

"들어보거라!" 어머니가 엄숙하게 말했다. "네 아버지는 원래 검을 만드는 명장이었다. 천하제일이었지. 아버지가 쓰던 공구들은 오래전에 내가 전부 팔아 어려운 살림에 보태서, 너는 흔적을 조금도 볼 수 없었겠다만. 네 아버지는 세상에 둘도 없는 명장이었다. 이십 년 전에 왕비가 쇳덩어리를 낳았다. 듣자하니 쇠기둥을 안은 뒤 수태를 했다는구나. 새파랗고 투명한 쇠였다고 하지. 대왕께서 진기한 보물임을 아시고 그걸로 검을 만들고 그 검으로 나라를 지키고 적을 죽이고 호신용으로 쓰려고 했다. 불행히도 하필 네 아버지가 뽑혀서 그 쇳덩이를 들고 집으로 와서 밤낮으로 제련했지. 꼬박 삼 년 동안 혼신을 다한 끝에 검 두 자루를 만들었다.

마지막으로 화로를 열던 날, 얼마나 놀라운 광경이던지! 쏴아 하고 하얀 김이 치솟아오르는데, 땅도 흔들리는 것 같았다. 그 하얀 김이 하늘로 올라가 하얀 구름으로 변해 이곳을 뒤덮었고, 점점 빨간빛이 나오다가 모든 걸 복숭아꽃처럼 물들였다. 칠흑같이 검은 우리집 화로에는 새빨간 검이 두 자루 놓여 있었지. 너희 아버지는 정화수를 천천히 떨어뜨렸고, 그 검은 싸아 소리를 울리면서 천천히 파란색으로 변했다. 그렇게 이레 밤낮이 지나자, 검이 보이지 않았다. 자세히 보니 여전히 화로 바닥에 있었는데, 새파랗고 투명한, 꼭 두 개의 기다란 얼음 같았다.

네 아버지 눈에서 엄청난 환희의 광채가 사방으로 퍼져나갔단다. 아버지는 칼을 집어들고 닦고 또 닦았다. 그런데 슬픈 주름이 미간과 입가에 나타나더라. 그러고는 검 두 자루를 상자 두 개에 담았단다.

'당신도 요 며칠 동안의 광경을 보았으니 알겠지만, 검이 다 만들어졌다는 사실을 누구나 알게 되었소.' 그가 조용히 내게 말했단다. '내일이면 대왕에게 바쳐야 하오. 그런데 검을 바치는 그날이 바로 내 명이 다하는 날이오. 우리도 이제 영원히 이별하겠구려.'

'당신……' 나는 깜짝 놀랐고 그의 생각을 이해할 수가 없어서 어떻게 말해야 좋을지 몰랐단다. 그저 이렇게만 말했지. '이번에 당신이 이렇게 큰 공을 세웠는데요……'

'음! 당신이 어떻게 알겠소!' 그가 말했어. '대왕은 평소 의심을 잘하고 무척 잔인하오. 이번에 내가 그에게 세상에 둘도 없는 검을 만들어주면, 그는 필시 나를 죽일 거야. 내가 다른 사람에게도 검을 만들어주어 그가 자기에 필적하거나 자기를 능가하는 일이 없도록.'

난 눈물을 흘렸지.

'슬퍼하지 말아요. 이건 피할 수 없소. 눈물은 결코 운명을 씻을 수 없어. 일찍이 내가 준비를 해둔 게 있소!' 그러더니 갑자기 눈에서 전광 같은 빛을 발하고는 검 상자 하나를 내 무릎에 놓았단다. '이건 웅검雄劍이오.' 그가 말하더구나. '당신이 갖고 있어요. 내일, 난 이 자검雌劍만 대왕에게 바칠 거요. 만일 내가 돌아오지 않으면, 그건 필시 내가 이제 세상에 없다는 거요. 지금 당신이 아이를 가진 지 오륙 개월 되지 않았소? 슬퍼하지 말고, 아이를 낳으면 잘 키우시오. 성인이 되거든 이 웅검을 아이에게 주고 대왕의 목을 베라고 해요. 내 원수를 갚도록!'"

"그날 아버지가 돌아오셨나요?" 미간척이 다급하게 물었다.

"돌아오지 않았다!" 어머니가 냉정하게 말했다. "사방에 수소문했지만 소식이 묘연했어. 나중에 사람들 얘기를 들으니 네 아버지가 만든 검에 처음으로 피를 먹인 사람은 그 검을 만든, 바로 네 아버지 자신이었다고 하더라. 네 아버지의 혼이 심술을 부릴까봐 그의 몸과 머리는 앞문과 후원에 따로 묻었고!"

미간척은 갑자기 온몸에 사나운 불길이 타오르는 것 같았다. 온몸의 모든 털들이 불꽃을 내뿜는 기분이었다. 어둠 속에서 그는 두 주먹을 빠드득 소리가 나도록 꽉 쥐었다.

그의 어머니가 일어나더니 침상 머리의 판자를 뜯고 침상 밑에 관솔불을 밝혔다. 그러고는 문 뒤에서 곡괭이를 가져와 미간척에게 건네주며 말했다. "파거라!"

미간척은 가슴이 뛰었다. 그러나 침착하게 곡괭이질을 하며 천천히 파내려갔다. 나오는 건 죄다 황토뿐이었다. 다섯 자 정도 되는 깊이까지 파자 흙 색깔이 조금 달라졌다. 썩은 목재인 듯했다.

"보거라! 조심해야 한다!" 그의 어머니가 말했다.

미간척은 파낸 구멍 옆에 엎드린 채 손을 뻗어 신중하게 조심조심 썩은 나무를 집어냈다. 손끝이 날카로운 것에 닿은 듯 차가웠다. 그 파랗고 투명한 검이 나타났다. 그는 검의 자루를 찾아 손에 쥐고 끄집어냈다.

창밖의 별과 달, 집안의 관솔불이 돌연 빛을 잃은 듯했고, 푸른빛만 집에 가득했다. 그 푸른빛에 검이 녹아들어 아무것도 없는 듯이 보였다. 미간척은 정신을 가다듬어 검을 자세히 들여다보았다. 길이는 다섯 자가 넘어 보였는데, 그리 예리해 보이지는 않았다. 칼날은 부추 잎처럼 조금 뭉툭하기까지 했다.

"너는 이제 네 우유부단한 성격을 고쳐야 한다. 이 검으로 복수를 하거라!" 그의 어머니가 말했다.

"전 벌써 제 우유부단한 성격을 바꾸었습니다. 이 검으로 복수를 하겠습니다!"

"그러길 바란다. 파란 옷을 입고 검을 등에 메거라. 옷과 검이 같은 색이어서 누구도 알아보지 못할 것이다. 옷은 내가 여기 지

"전 벌써 제 우유부단한 성격을 바꾸었습니다. 이 검으로 복수를 하겠습니다!"

어놓았다. 내일 바로 네 길을 가거라. 내 걱정은 하지 말고!" 그녀가 침상 뒤 낡은 옷상자를 가리키며 말했다.

미간척은 새 옷을 꺼내 입어보았다. 길이가 꼭 맞았다. 그는 옷을 다시 잘 개어 검을 감싼 뒤 베개 옆에 놓고 조용히 누웠다. 우유부단한 자신의 성격이 벌써 바뀐 것처럼 느껴졌다. 아무 일도 없는 것처럼 푹 잠을 자고, 새벽에 일어나 여느 때와 조금도 다름없는 모습으로 침착하게 불구대천의 원수를 찾아가겠다고 결심했다.

하지만 그는 잠에 들지 못했다. 이러저리 뒤척였고 계속 일어나 앉고 싶었다. 어머니가 실망하여 조용히 긴 한숨을 내쉬는 소리가 들렸다. 첫닭의 울음소리가 들렸다. 그는 이제 자시가 되었고, 자기가 열여섯 살이 되었음을 알았다.

2

부은 눈을 한 미간척은 뒤도 돌아보지 않고 문을 나섰다. 푸른 옷을 입고 푸른 검을 메고 성큼성큼 걸음을 내디뎌 성으로 향했다. 아직 동쪽에 해도 나오기 전이었다. 삼나무 숲에는 뾰족한 잎마다 밤기운이 어린 이슬방울이 맺혀 있었다. 숲 끝에 이르렀을 때 이슬방울이 반짝반짝 여러 빛을 내며 점점 새벽빛으로 바뀌었다. 멀리 앞쪽에 거무스름한 성벽과 성가퀴가 희미하게 보였다.

미간척은 채소 장수들 틈에 섞여서 성안으로 들어갔다. 시장은 벌써 법석거렸다. 남자들은 줄줄이 멍하니 서 있고 여자들은 수시로 문안에서 고개를 내밀었다. 여자들은 대부분 눈두덩이 부어 있었고, 머리는 헝클어졌고 누런 얼굴에 분도 바르지 않은 채였다.

미간척은 장차 커다란 변화가 일어나리라는 걸 예감하였다. 사람들도 모두 초조하지만 인내하면서 그 커다란 변화를 기다리고 있는 듯했다.

미간척은 그대로 앞으로 걸어갔다. 한 아이가 갑자기 달려와 등의 칼끝에 부딪힐 뻔해서 놀라 온몸에 땀이 났다. 북쪽을 둘러보니 왕궁과 멀지 않은 곳에 사람들이 목을 빼고 빽빽하게 모여 있었다. 사람들 가운데서 여자와 아이의 울음소리가 났다. 그는 보이지 않는 웅검이 사람들을 다치게 할까봐 차마 그 사이를 밀고 들어갈 수가 없었다. 그런데 등뒤에서도 사람들이 밀려왔다. 미간척은 하는 수 없이 몸을 돌려 물러났다. 앞으로는 사람들의 등과 길게 빼고 있는 목만 보였다.

갑자기 앞에 있던 사람들이 무릎을 꿇기 시작했다. 멀리 말 두 마리가 나란히 달려왔다. 그 뒤로 곤봉과 창검, 활, 깃발을 든 무사들이 길에 온통 누런 먼지를 일으키며 걸어왔다. 이어 네 마리 말이 끄는 큰 수레가 왔고 그 위에는 한 무리 사람들이 타고 있었다. 종을 치고 북을 두드리는 사람, 이름 모를 무엇인가를 입으로 불고 있는 사람도 있었다. 그 뒤로 다시 수레가 이어졌다. 위에 탄 사람들은 얼굴이 기름과 땀으로 범벅이 된 노인 아니면 키 작은 뚱보들로 다들 알록달록한 옷을 입었다. 이어 칼과 창, 검, 미늘창*을 든 기사들이 뒤를 따랐다. 무릎을 꿇었던 사람들이 이번엔 모두 엎드렸다. 그때 미간척은 노란 덮개를 한 큰 수레가 달려오는 것을 보았다. 한가운데 알록달록한 옷을 입은 뚱보가 앉았는데, 희끗희끗한 수염에 머리는 작았다. 허리에는 미간척이 등에 메고 있는 것과 같은 청검青劍을 찬 모습이 어렴풋이 보였다.

미간척은 자신도 모르게 온몸이 식었다. 그러나 바로 맹렬한 불이 타오르는 듯 후끈해졌다. 그는 손을 어깨로 뻗어 칼자루를 잡으면서 걸음을 내디뎠다. 엎드린 사람들의 목과 목의 틈새를 밟아나갔다.

그런데 겨우 대여섯 걸음 가다가 곤두박질을 쳤다. 누군가 갑

---

* 끝이 나뭇가지처럼 둘 또는 셋으로 갈라진 창.

자기 그의 한쪽 발을 잡아서였다. 미간척은 깡마른 얼굴의 소년 위로 넘어졌다. 소년이 칼끝에 다쳤을까봐 놀란 미간척이 곧바로 일어나서 보는 순간 옆구리를 주먹으로 두 대 심하게 맞았다. 미간척이 상황을 돌아볼 겨를도 없이 다시 길을 바라보니, 노란 덮개를 한 수레는 이미 지나갔고 호위하던 기사들도 순식간에 지나가버렸다.

길가의 사람들이 모두 일어났다. 깡마른 얼굴의 소년은 미간척의 옷깃을 잡고 손을 놓지 않았다. 미간척에게 깔려 소중한 단전丹田이 상했으니 책임을 지고, 만약 팔십이 못 돼서 죽으면 목숨으로 보상해야 한다고 했다. 이내 할일 없는 사람들이 이 광경을 둘러싸 넋 놓고 바라보며, 누구도 입을 열지 않았다. 나중에 누군가 옆에서 웃으면서 욕을 몇 마디 하자 모두 깡마른 얼굴 소년을 편들었다. 미간척은 이런 적을 만나서 정말 화를 낼 수도 없고, 웃을 수도 없고, 그저 무의미하다는 생각만 들었지만, 그렇다고 몸을 뺄 수도 없었다. 그렇게 밥 한 솥을 지을 만큼의 시간이 흘렀다. 초조해진 미간척은 온몸에서 열이 났지만 구경꾼들은 조금도 줄어들지 않았고, 여전히 재미있어하는 것 같았다.

이때 앞쪽에 있던 사람들이 동요하기 시작하다 이내 검은 사람 하나가 비집고 들어왔다. 까만 수염에 까만 눈, 몸은 쇠처럼 말랐다. 그는 아무 말 없이 그저 미간척을 보고 차갑게 웃더니 깡마른 얼굴 소년의 아래턱을 가볍게 밀면서 소년의 얼굴을 똑바로 쳐다보았다. 소년도 사내를 슬쩍 보고는 자기도 모르게 천천히 손을 풀고 슬그머니 달아나버렸다. 그 사내도 슬그머니 사라졌다. 구경하던 사람들도 다들 재미없다는 듯이 흩어졌다. 몇 사람만이 미간척의 나이와 사는 곳, 집에 누나가 있는지를 물었다. 미간척은 그들을 전혀 상대하지 않았다.

미간척은 남쪽으로 걸었다. 속으로 생각했다. 성안은 이렇게 복잡해서 자칫하면 다른 사람을 다치게 할 수 있으니, 차라리 남문 밖에서 그가 돌아오기를 기다려 아버지의 원수를 갚는 게 좋겠다고. 그곳은 장소도 넓고 인적도 드물어서 일을 벌이기도 편할 거라고 말이다. 성안의 사람들은 온통 국왕의 산행과 의장, 위엄, 자신이 국왕을 봐서 얼마나 영광인지, 그리고 얼마나 낮게 엎드려야 하며, 국민의 모범을 어떻게 보여야 하는지 등을 이야기하느라 바빴다. 마치 벌떼가 알현한 것만 같았다. 남문에 거의 다다라서야 주위가 점차 조용해졌다.

미간척은 성밖으로 나와 큰 뽕나무 밑에 앉아 만두 두 개를 꺼내 허기를 달랬다. 먹다보니 갑자기 어머니 생각이 나서 자신도 모르게 코끝이 찡했지만, 그러고 나니 오히려 아무렇지도 않았다. 자신의 숨소리가 분명하게 들릴 정도로 사위가 조용해졌다.

하늘이 점점 어두워질수록 그도 점점 불안해졌다. 눈을 부라리며 앞쪽을 바라보고 있어도 국왕의 환궁 행렬은 그림자도 보이지 않았다. 성에 채소를 팔러 갔던 시골 사람들이 하나둘 빈 바구니를 메고 성에서 나와 집으로 갔다.

인적이 끊어지고 한참 후, 성안에서 봤던 아까 그 검은 사람이 번개처럼 갑자기 나타났다.

"도망치자, 미간척! 국왕이 너를 잡으려 한다!" 그가 말했다. 그 목소리가 꼭 올빼미 소리 같았다.

미간척은 온몸이 떨렸다. 마법에 걸린 것처럼 바로 그를 따라갔다. 나중에는 나는 듯이 뛰었다. 멈춰서서 한참 숨을 고르고서야 삼나무 숲에 왔다는 걸 알았다. 뒤쪽 멀리에는 은백색 줄무늬가 생겼고 그쪽에서 달이 나타났다. 앞에는 검은 사람의 두 눈빛만이 도깨비불처럼 빛났다.

"어떻게 저를 아시죠?" 겁을 잔뜩 먹은 목소리로 미간척이 물었다.

"하핫! 나는 줄곧 너를 알고 있었다." 그 사람이 말했다. "네가 웅검을 메고 있고 네 아버지 복수를 하려는 것도 안다. 네가 복수에 성공하지 못한다는 것도 알지. 복수를 못할 뿐더러 이미 누군가 밀고하여 네가 복수하려는 사람은 이미 동문으로 환궁했고, 너를 잡으라는 명을 내렸다."

미간척은 저도 모르게 상심했다.

"아아, 어머니의 한숨이 괜한 게 아니었구나." 미간척이 작은 소리로 말했다.

"하지만 네 어머니는 절반밖에 모른다. 네 어머니는 내가 널 대신하여 복수를 해주려는 건 모르고 있지."

"당신이? 저 대신 복수를 해준다고요? 의인義人인가요?"

"허, 그런 호칭으로 나를 억울하게 만들지 말거라."

"그럼, 우리 같은 고아, 과부를 동정하는 건가요?"

"오, 이 녀석아, 다시는 그런 모욕적인 단어를 쓰지 말거라." 사내가 차갑게 말했다. "의리라든가 동정 같은 것들은 예전에는 깨끗했었지. 그러나 지금은 모두 이자놀이용 자본이 되어버렸다. 내 마음에는 네가 말한 그런 것들은 전혀 없다. 나는 그저 너 대신 복수를 해주려는 것뿐이다."

"좋습니다. 그런데 어떻게 복수를 해줄 건가요?"

"나한테 두 가지만 주면 된다." 두 개의 도깨비불 아래의 목소리가 말했다. "두 가지가 뭐냐고? 잘 듣거라. 하나는 네 검이고, 다른 하나는 네 머리다!"

미간척은 이상하다 싶고 의심도 들었지만 놀라지는 않았다. 잠시 입을 열지 못했다.

"내가 너를 속여 보물과 목숨을 빼앗으려 한다고 의심하지 말거라." 어둠 속의 소리가 냉정하게 말했다. "이 일은 온전히 너에게 달렸다. 네가 나를 믿으면 내가 가고, 나를 믿지 않으면 나는 그만두는 거지."

"그런데 왜 저 대신 복수를 해주려는 거죠? 우리 아버지를 아세요?"

"네 아버지를 줄곧 알고 있었다. 너를 줄곧 알고 있었듯이. 하지만 내가 복수를 하려는 것은 그 때문이 아니다. 영리한 녀석아, 잘 듣거라. 넌 아직 내가 얼마나 복수를 잘하는지 모를 것이다. 네 원수가 곧 내 원수다. 그가 곧 나이기도 하다. 내 영혼에는 다른 사람과 나 스스로가 낸 상처가 무수히 많다. 나는 이미 나 자신을 증오한다!"

어둠 속의 소리가 멈추자마자 미간척이 손을 들어 어깨에서 청검을 뽑아들고 자신의 뒷목을 앞쪽을 향해 베었다. 머리가 땅바닥의 이끼 위로 떨어졌고 그와 동시에 미간척은 검을 검은 사람에게 건넸다.

"아아!" 그가 한 손으로 검을 받으며 다른 손으로는 머리카락을 잡아 미간척의 머리를 들어올렸다. 죽어버린 뜨거운 입술에 두 번 입을 맞추고는 차갑고 날카롭게 웃었다.

웃음소리가 곧장 삼나무 숲에 울려퍼졌다. 깊숙한 곳에서 바로 도깨비불 같은 눈빛들이 번뜩이며 갑자기 다가왔다. 굶주린 이리의 씩씩하는 숨소리가 들렸다. 첫입에 미간척의 파란 옷을

그와 동시에 미간척은 검을 검은 사람에게 건넸다.

갈기갈기 찢어버렸고 두번째 입에 몸 전체가 보이지 않았다. 순식간에 핏자국까지 말끔히 핥아버리고, 뼈 씹는 소리만 나직하게 들렸다.

가장 앞에 있던 커다란 이리가 검은 사람에게 달려들었다. 그가 청검을 한 번 휘두르자 이리 머리가 땅바닥 이끼 위로 떨어졌다. 다른 이리들이 첫입에 그 이리의 가죽을 갈기갈기 찢어버렸고 두번째로 입을 대자 몸 전체가 보이지 않았다. 순식간에 핏자국까지 말끔히 핥아버리고 뼈 씹는 소리만 나직하게 들렸다.

그는 바닥에 있는 파란 옷을 집어 미간척의 머리를 싼 뒤, 청검과 함께 등에 메고는 몸을 돌려 어둠 속에서 도성을 향해 성큼성큼 걸었다.

이리들이 그 자리에 선 채 어깨를 세우고 혀를 널름거리며 씩씩 숨을 내쉬었다. 이리들은 눈에서 파란빛을 내뿜으며 사내가 성큼성큼 걸어가는 모습을 바라보았다.

그는 어둠 속에서 도성을 향해 걸으며 날카로운 소리로 노래를 불렀다.

아아 사랑이여, 사랑아, 사랑아!
청검을 사랑하여, 한 원수가 스스로 죽네
놀라워라, 이런 사내가 몇이나 있을까?

한 사내가 청검을 사랑하여, 아아 외롭지 않아라
머리로 머리를 바꾸었네, 두 원수가 스스로 죽고
한 사내는 사라지리, 아 사랑이여!
사랑이여, 오호 오호 아호
아호 오호라, 아, 아호 오호라!

3

산행은 국왕을 즐겁게 해주지 못했다. 게다가 길에 자객이 있다는 첩보도 들어와 흥이 깨져 돌아와버렸다. 그날 밤 그는 화가 나서 아홉째 후궁의 머리를 두고 어제처럼 예쁘게 까맣지 않다고도 했다. 다행히 그녀가 그의 무릎에 앉아 애교를 떨며 특별히 칠십여 차례나 몸을 비비 꼬아서 왕의 미간 사이의 주름이 점점 펴졌다.

오후에 국왕은 몸을 일으키자마자 또 기분이 좋지 않았다. 특히 점심을 들고 난 뒤에는 완전히 화난 얼굴이었다.

"아아! 무료하도다!" 그는 크게 하품을 하고는 큰 소리로 말했다.

위로는 왕비로부터 아래로는 광대 신하까지 이런 상황을 보며 어찌할 바를 몰랐다. 수염이 하얀 늙은 신하가 도道를 논하는 것도, 작고 통통한 난쟁이가 재주를 부리는 것도 왕은 이미 싫증이 났다. 요새는 줄타기, 장대타기, 포환던지기, 물구나무서기, 칼 삼키기, 불 뿜기 같은 기이한 공연들을 봐도 전혀 재미가 없었다. 그는 자주 화를 냈고, 화가 나면 청검을 쥐고 작은 잘못이라도 찾아내 기어이 몇몇을 죽이고야 말았다.

틈을 내 몰래 궁 밖에서 놀던 두 젊은 환관이 막 돌아왔다. 궐내의 모든 이들이 다들 근심하는 상황을 보고는 또 예전과 같은 참사가 임박했다는 것을 직감하였다. 한 사람은 놀라 얼굴이 흙빛이 되었고, 다른 사람은 무슨 수라도 있는 듯 서둘거나 당황하지 않고 국왕 앞으로 가서 엎드려 말했다.

"소인이 방금 기이한 인물을 한 사람 찾았는데, 재주가 비상하여 대왕의 울적한 마음을 풀어드릴 수 있을 듯하여 삼가 아뢰옵니다."

"무엇이라?" 왕이 말했다. 그의 말은 늘 짧았다.

"까맣게 마른, 거지꼴의 사내입니다. 푸른 옷을 입고 둥글게 싼 푸른 보따리를 맸습니다. 멋대로 지어낸 노래를 부르고 다닙니다. 사람들이 그에게 묻자 자신은 곡예를 잘하는데, 전무후무하고 세상에 둘도 없는 곡예로, 사람들이 여태껏 본 적이 없는 것이라 했다 하옵니다. 한번 보면 근심과 시름이 풀리고, 천하가 태평해진다 하옵니다. 하지만 사람들이 그에게 곡예를 보여달라고 청하여도 한사코 거절한다 하옵니다. 첫째로 황금 용이 있어야 하고, 둘째로 황금 솥이 있어야 한다면서……"

"황금 용? 나로구나. 황금 솥? 내게 있다."

"소신도 그리 생각하옵니다……"

"불러들이거라!"

말이 채 끝나기도 전에 네 무사가 젊은 환관을 따라 질풍같이 나갔다. 위로는 왕비로부터 아래로는 광대 신하까지 다들 희색이 돌았다. 그들은 이번 곡예로 왕의 근심과 시름이 풀리고 천하가 태평해지길 바랐다. 설령 재미가 없다고 해도 그 거지꼴의 사내가 화를 당할 테니, 그들은 그저 사내가 오기만을 기다리면 되었다.

얼마 지나지 않아서 멀리 여섯 사람이 황금 계단을 향해 올라오는 게 보였다. 맨 앞에는 환관이고 뒤에는 무사 네 명이었다. 중간에 검은 사람이 끼여 있었다. 가까이 왔을 때 보니 옷만 파란색이었고, 수염과 눈썹, 머리는 모두 검었다. 광대뼈, 눈가 뼈, 눈두덩이 뼈가 불거져나올 정도로 말랐다. 이 사내가 공손하게 무릎을 꿇고 엎드리는데 과연 등에는 작고 둥근 보따리를 메고 있었다. 파란색 천이었고, 위에는 짙은 붉은색 무늬가 그려져 있었다.

"고하거라!" 왕이 거칠게 말했다. 왕은 그자가 평범해 보여 곡예를 잘 부리지 못할 것이라고 생각했다.

"신은 연지오자宴之敖者라고 하옵니다. 문문향에서 나고 자랐사옵니다. 젊어서는 직업이 없었으나 늦게 훌륭한 스승을 만나 곡예를 배웠습니다. 아이의 머리를 가지고 하는 것입니다. 이 곡예는 혼자서 할 수 없사옵니다. 반드시 황금 용 앞에 황금 솥을 놓고 맑은 물을 가득 부어 수탄獸炭*으로 끓여야 합니다. 그런 뒤 아이의 머리를 넣습니다. 물이 끓어오르면 머리도 따라서 위아래로 움직이면서 온갖 춤을 추고 신비한 소리를 내며 즐겁게 노래를 부릅니다. 이 춤과 노래는 혼자 보면 근심과 시름이 풀리고 만인이 보면 세상이 태평해집니다."

"놀아보거라!" 왕이 큰 소리로 명했다.

얼마 지나지 않아서 소를 삶는 커다란 황금 솥이 대전 밖에 차려졌다. 물을 가득 채우고, 아래는 수탄을 쌓아 불을 붙였다. 그 검은 사람은 옆에 서 있다가 수탄이 빨개지는 것을 보고는 보따리를 풀어 열었다. 이윽고 두 손으로 아이의 머리를 꺼내 높이 들어올렸다. 그 머리는 이목이 수려하고, 붉은 입술에 이는 하얬으며, 얼굴에 웃음을 띠고 머리는 푸른 연기처럼 흐트러져 있었

* 옛날 부호의 집에서는 석탄을 갖가지 동물 모양으로 만들어 썼다.

다. 검은 사람은 머리를 들고 주위를 한 바퀴 돌고서 솥 위로 손을 뻗은 다음 입술을 움직여 뭐라고 알 수 없는 말을 하고는 바로 손을 풀었다. 머리가 풍덩하는 소리를 내며 물속으로 가라앉았다. 동시에 물방울이 다섯 자는 충분히 될 높이로 튀어 올랐다. 그뒤 모든 게 조용해졌다.

시간이 한참 지나도 아무런 움직임이 없었다. 국왕이 먼저 조급해했고 이어 왕비와 후궁, 대신, 환관 들도 조급해졌다. 작고 통통한 난쟁이들은 비웃기 시작했다. 왕은 난쟁이들이 비웃는 걸 보고서 자신이 속았다는 생각이 들어 무사들을 돌아보며 군주를 기만한 나쁜 놈을 소를 삶는 솥에 처넣어 삶아 죽이라고 명령하려 했다.

그 순간, 물이 끓는 소리가 들렸다. 탄불도 거세지면서 불빛을 받은 검은 사람도 쇠가 불에 달궈져 붉어지는 것처럼 검붉게 변했다. 왕이 다시 고개를 돌렸을 때 그는 하늘을 향해 두 손을 뻗고 눈은 허공을 향한 채, 춤을 추며 갑자기 날카로운 소리로 노래를 부르기 시작했다.

> 아아, 사랑이여, 사랑아, 사랑아!
> 사랑이여, 피여, 누가 없을 것인가
> 백성들은 어둠에 빠졌어라, 아아 한 사내는 웃고 있구나

갑자기 날카로운 소리로 노래를 부르기 시작했다.

그는 백 개, 천 개, 아, 만 개 머리를 가졌구나!
내게는 머리 하나뿐, 만 명 사내가 없어
내 머리 하나를 사랑해, 아, 피여 오호라!
피여 오호라 아, 오호 오호
아호 오호라, 아, 아호 오호라!

노랫소리를 따라 물이 솥 위로 솟구쳤다. 위는 뾰쪽하고 아래는 넓은 그 모양이 작은 산 같았다. 물은 뾰쪽한 곳에서 솥 밑바닥까지 쉬지 않고 왕복운동을 했다. 머리는 물을 따라 오르내렸고 원을 그리며 돌다가 절로 데굴데굴 공중제비를 했다. 사람들은 사내가 재미있어하면서 웃음을 짓는 것을 어렴풋이 볼 수 있었다. 시간이 조금 지나자 머리가 갑자기 소용돌이를 거슬러 수영을 하였고 베틀 북처럼 끼인 채 원을 그리면서 사방으로 물방울을 튀겼다. 뜰에 온통 뜨거운 비가 뿌려졌다. 한 난쟁이가 갑자기 소리를 지르면서 손으로 자기 코를 만졌다. 불행히도 뜨거운 물에 데었고, 고통을 참지 못해 끝내 어쩔 수 없이 비명을 내질렀다.

검은 사람의 노랫소리가 그제야 멈추었다. 그 머리도 물속에서 멈추었다. 어전을 향한 그 얼굴은 엄숙하고 정중했다. 그렇게 열 번 정도 숨을 쉴 시간이 지난 뒤 천천히 위아래로 흔들었다.

흔들면서 속도를 더해 위아래로 수영을 했는데 그렇게 빠르지는 않고 그 기색 또한 부드러웠다. 물을 따라 올라갔다 내려갔다 세 바퀴를 돌다 갑자기 눈을 크게 떴다. 새카만 눈동자가 유난히 반짝이는가 싶더니 바로 입을 열고 노래를 부르기 시작했다.

왕의 은혜여, 기운차게 흘러
원수를 이기고, 이겼구나 원수를, 빛나도다 강함이여
우주는 유한하나 만수무강하여라
다행히 나는 왔어라, 푸르구나 그 빛!
푸르구나 그 빛이여, 영원히 서로 잊지를 못하네
있는 곳이 달라, 있는 곳이 달라, 당당하여라 빛남이여!
당당하여라 빛남이여 아아
아아 돌아왔네, 아아 모셔라, 푸른 그 빛!

머리가 갑자기 물의 뾰족한 곳까지 올라가 멈추었다. 몇 번 공중제비를 돌고 나서 위아래로 오르락내리락하였다. 좌우를 응시하는 눈동자는 아주 수려했다. 입으로는 계속 노래를 불렀다.

아호 오호라, 아, 아호 오호라
사랑이여, 오호 오호 아호!

머리 하나 피에 물드네 아, 아호
내게는 머리 하나 있어도 아아, 만 명 장정이 없어!
그대는 백 개, 천 개……

머리는 노래가 여기에 이를 때까지 계속 가라앉아 더는 떠오르지 않았다. 가사도 알아들을 수 없었다. 솟구치던 물은 노랫소리가 약해지자 점점 썰물처럼 낮아지더니 마침내 솥 입구 아래로 잦아들어 멀리서는 아무것도 볼 수가 없었다.

"어떻게 된 거냐?" 잠시 기다리던 왕이 참지 못하고 물었다.

"대왕님." 그 검은 사람이 반쯤 무릎을 꿇으며 말했다. "머리는 지금 솥 바닥에서 가장 신기한 원무를 추고 있습니다. 가까이 가지 않으면 안 보입니다. 소신도 머리를 올라오게 할 술법이 없습니다. 원무는 솥 바닥에서 추어야 하기 때문입니다."

왕이 일어나 황금 계단을 내려가, 열기를 무릅쓰고 솥 옆에 서서 고개를 내밀고 들여다보았다. 물이 거울처럼 평평하고 머리는 얼굴을 위로 한 채 물속에 누워 있었다. 두 눈은 왕의 얼굴을 보고 있었다. 왕의 눈길이 그 얼굴을 향했을 때 머리가 아름답게 생긋 웃었다. 왕은 그 웃음이 낯익었지만 누구인지 금방 생각나지 않았다. 왕이 놀라고 있을 때 검은 사람이 등에 메고 있던 청검을 뽑아 휘둘렀다. 왕의 머리가 번개처럼 뒷목에서 잘려나와

왕의 머리가 번개처럼 뒷목에서 잘려나와 솥 안으로 풍덩 떨어졌다.

솥 안으로 풍덩 떨어졌다.

원수끼리 마주치면 원래 한눈에 알아보는 법인데, 하물며 외나무다리에서 만난 것이다. 왕의 머리가 물에 떨어지자 미간척의 머리가 맞으러 나와 왕의 귀를 온 힘을 다해 물었다. 솥 물이 부글부글 소리를 내며 이내 끓어올랐다. 머리 두 개가 수중에서 사투를 벌였다. 이십여 차례쯤 겨루었을까, 왕의 머리는 다섯 군데를 다쳤는데 미간척의 머리는 일곱 군데를 다쳤다. 왕은 교활해서 어떻게 해서든 적의 뒤쪽으로 돌아 들어가려 했다. 미간척이 조금만 방심하면 왕이 뒷덜미를 물어버려 돌아설 수가 없었다. 이번에는 왕의 머리가 정말 단단하게 물고는 놓지를 않았다. 미간척의 머리가 점점 먹혀들어갔다. 솥 바깥에서도 소년의 고통스러운 비명소리가 들리는 것 같았다.

위로는 왕비에서 아래로는 광대 신하까지, 놀라 얼어붙은 표정들이 소리를 따라 움직였다. 암흑천지의 슬픔을 느끼는 것처럼 피부에 오돌토돌 소름이 돋았다. 그러나 은밀한 희열도 섞여 있어서, 마치 뭔가를 기다리는 듯 다들 눈을 부릅뜨고 있었다.

검은 사내도 조금 놀란 것 같았지만 얼굴색은 변하지 않았다. 보이지 않는 청검을 든 마른 나뭇가지 같은 팔을 침착하게 쭉 펴고는, 목을 길게 빼고 솥 밑바닥을 들여다보았다. 갑자기 팔을 굽히는가 싶더니 청검을 자기 뒤쪽에서부터 내려쳤다. 검이 사

검은 사내도 조금 놀란 것 같았지만 얼굴색은 변하지 않았다.

내의 머리를 날렸고, 머리가 솥으로 떨어지면서 풍덩하는 소리와 함께 하얀 물방울이 사방으로 튀었다.

그의 머리는 물에 들어가자마자 곧장 왕의 머리를 쫓아가 코를 물었다. 코가 거의 떨어질 정도였다. 왕이 참지 못하고 "아야" 소리를 지르자, 입이 벌어진 틈에 미간척의 머리가 빠져나와서는 고개를 돌려 왕의 아래턱을 있는 힘을 다해 깨물었다. 그들은 놓지 않을 뿐만 아니라, 온 힘을 다해 왕의 입이 다시는 다물어지지 않을 정도로 위아래로 찢어버렸다. 그들은 굶주린 닭들이 모이를 쪼듯이 마구 물어댔고, 왕의 머리는 눈이 돌아가고 코가 주저앉고 얼굴이 온통 상처투성이가 되었다. 처음에는 솥 안에서 이리저리 어지럽게 구르고 나중에는 누워서 그저 신음만 했고, 결국 아무 소리도 내지 못한 채 숨을 내쉬기만 했다. 들이마시는 숨은 없었다.

검은 사람과 미간척의 머리도 천천히 입을 다물고 왕의 머리에서 멀어져 솥의 벽을 따라 한 바퀴 돌며 왕이 정말 죽었는지 아니면 죽은 척하는지 살폈다. 왕의 머리가 확실히 숨이 끊어졌다는 것을 알고는 네 눈이 서로 쳐다보며 살며시 미소를 지었다. 그러고는 이내 눈을 감고 얼굴이 하늘을 향한 채 물속으로 가라앉았다.

4

연기가 사라지고 불도 꺼졌다. 물결도 일지 않았다. 어전 위와 아래에 있는 사람들이 깊은 적막에 놀라 정신이 들었다. 그들 가운데 하나가 소리를 질렀고 바로 연이어 다들 놀라 소리를 지르기 시작했다. 한 사람이 황금 솥으로 걸어가자 다들 앞을 다투어 몰려갔다. 뒤에 있는 사람은 사람들 목 사이 빈틈으로 들여다 볼 수밖에 없었다.

뜨거운 기운에 사람들 얼굴이 붉게 달아올랐다. 솥의 물은 거울처럼 평평했다. 위에는 기름이 한 겹 떠 있어서 사람들 얼굴을 비추었다. 왕비와 후궁, 무사, 신하, 난쟁이, 환관……

"아아, 세상에! 우리 대왕의 머리가 안에 있어, 흑흑흑!" 여섯째 후궁이 발광하듯 울음을 터뜨렸다.

위로는 왕비에서 아래로는 광대 신하까지 다들 아차 싶은 생각이 들었고, 어찌할 바를 모른 채 다급하게 흩어져서 각자 너댓 바퀴를 돌았다. 가장 지략이 뛰어난 늙은 신하 하나가 혼자 앞으로 나가 손을 뻗어 솥 가장자리를 만졌다. 그러나 온몸을 떨더니 바로 손을 거두고는 두 손가락을 펴서 입가에 대고 계속 불었다.

다들 정신을 가다듬고 어전 문밖에서 머리를 건져올릴 방법을 의논했다. 대략 좁쌀 세 솥을 삶을 시간쯤 지나서 어쨌든 결론이

났다. 큰 주방에 가서 철망으로 된 국자를 모아 와 무사들더러 힘을 합쳐 건지라고 명을 내렸다.

머지않아 기구가 다 모아졌다. 석자, 구멍 국자, 금 쟁반, 행주가 솥 옆에 놓였다. 무사들이 옷소매를 걷어올렸다. 누구는 석자를 들고, 누구는 구멍 국자를 들고서 공손하게 일제히 건져올렸다. 국자끼리 부딪히는 소리, 국자가 황금 솥을 긁는 소리가 났다. 국자를 뒤적이는 대로 물이 따라서 돌았다. 한참 지나 한 무사의 얼굴이 돌연 진지해져 무척 조심스럽게 두 손으로 국자를 들었다. 국자 구멍으로 물방울이 구슬처럼 떨어지고 국자 안에서 새하얀 두개골이 보였다. 다들 놀라 소리를 질렀다. 무사는 두개골을 금 쟁반에 부었다.

"아아! 우리 대왕님!" 왕비와 후궁, 늙은 신하 그리고 환관까지 다들 소리 내어 울었다. 하지만 얼마 지나지 않아서 차례로 그쳤다. 무사가 다시 똑같은 두개골을 건졌기 때문이다.

그들은 눈물이 그렁그렁한 채 주위를 둘러보았다. 얼굴이 땀범벅이 된 무사들이 계속 건지고 있는 것만 보였다. 그다음으로 너덜너덜한 하얀 머리칼과 검은 머리칼을 건졌다. 짧은 것도 몇 국자 건졌는데 하얀 수염과 검은 수염인 듯했다. 이어 다시 두개골 하나를 건졌다. 그다음은 삼지三枝 비녀였다.

솥에 물만 남은 뒤에야 손길을 멈추었다. 건져올린 물건을 금

쟁반 세 개에 나누어 담았다. 한 쟁반에는 두개골을, 한 쟁반에는 수염과 머리칼을, 한 쟁반에는 비녀를 담았다.

"우리 대왕님은 머리가 하나뿐이에요. 어느 것이 우리 대왕님이죠?" 아홉번째 후궁이 초조하게 물었다.

"그러게요……" 늙은 신하들이 서로 얼굴을 쳐다보았다.

"피부와 살이 삶아 문드러지지 않았으면 쉽게 분간할 텐데." 한 난쟁이가 무릎을 꿇고 말했다.

다들 마음을 가라앉히고 두개골을 자세히 살펴보는 수밖에 없었다. 하지만 색깔이나 크기가 다 비슷해서 소년의 머리조차 구별할 수가 없었다. 왕비가 말하길, 왕의 오른쪽 이마에 태자 때 넘어져 다친 흉터가 있는데 뼈에도 흔적이 있을지 모른다고 했다. 과연, 난쟁이가 두개골 하나에서 찾아냈다. 다들 기뻐하고 있을 때 다른 난쟁이가 조금 누런 두개골의 오른쪽 이마에서 비슷한 흉터를 발견했다.

"저한테 방법이 있어요." 셋째 후궁이 자신 있게 말했다. "우리 대왕님은 코가 아주 높아요."

환관들이 바로 나서서 코뼈를 연구하였다. 하나가 확실히 조금 높긴 했지만 차이가 얼마 나지 않았다. 무엇보다 아쉬운 것은 오른쪽 이마에 넘어져 다친 흉터가 없다는 것이었다.

"그것 말고도," 늙은 신하들이 환관에게 말했다. "대왕의 뒤

통수가 이렇게 뾰족했더냐?"

"소인들은 대왕님의 뒤통수를 유심히 본 적이 없사옵니다……"

왕비와 후궁들도 각자 기억을 되살려보았는데, 누구는 뾰족했다고 하고 누구는 평평했다고 했다. 머리를 빗어주던 태감에게 물었지만 그는 한 마디도 하지 않았다.

그날 밤 대신들이 회의를 열어 어느 것이 왕의 머리인지를 결정하려고 했다. 하지만 결과는 낮과 같았다. 게다가 수염과 머리칼에도 문제가 생겼다. 당연히 하얀 것이 왕의 것이었다. 그런데 희끗희끗해져버려서, 까만 것조차도 처리하기가 어려웠다. 자정이 가까운 시각까지 토론을 하여 겨우 붉은색 수염 몇 가닥을 가려냈다. 그런데 아홉째 왕비가 따져 말하길, 왕에게 샛노란 수염도 몇 가닥 있는 걸 분명히 보았는데 지금 어떻게 붉은 수염이 하나도 없다고 할 수 있겠느냐고 했다. 그래서 하는 수 없이 처음으로 다시 돌아가 미해결 상태가 되었다.

자정을 넘겨 밤이 깊도록 아무런 결과가 없었다. 다들 하품을 하면서도 토론을 계속했다. 닭이 두번째로 울었을 때에야 가장 신중하고 적절한 방법을 결정하였다. 두개골 세 개와 왕의 몸을 황금 관에 넣어 장사를 치르기로 한 것이었다.

이레 뒤, 장사를 치르는 날 온 성이 들썩거렸다. 성안에 사는 백성들과 먼 곳에 사는 백성들이 다들 국왕의 '출상出喪'에 참배

하러 몰려들었다. 날이 밝자마자 길에는 벌써 사람들로 가득했다. 사이사이에 수많은 제사상도 차려졌다. 오전이 되어서야 길을 정리하는 기사들이 말고삐를 늘어뜨리고 왔다. 이어 또 한참 시간이 지나고서야 장례 대열과 여러 깃발, 곤봉, 창과 미늘창, 활과 화살, 도끼 같은 것들이 보였다. 이어 취타대가 네 대 지나갔다. 그 뒤로 노란 덮개를 한 수레가 울퉁불퉁한 길을 따라 점점 다가왔다. 영구차였다. 황금관을 실었고, 관 속에는 머리 셋과 몸 하나가 들어 있었다.

백성들이 모두 무릎을 꿇었다. 제사상이 한 줄 한 줄 사람들 사이에서 나타났다. 몇몇 충성스러운 백성들은 대역무도한 역적들의 혼이 왕과 함께 제사를 받는 것에 분노를 터뜨리기도 하고 울음을 삼키기도 했지만, 방법이 없었다.

그 뒤로 왕비와 여러 후궁들의 수레가 이어졌다. 백성들이 그 여인들을 쳐다보았고 그 여인들도 백성들을 쳐다보았다. 다들 울고 있었다. 그 뒤로 대신과 태감, 난쟁이 등이 다들 슬픈 얼굴을 하고 있었다. 다만 백성들은 이제 그 사람들을 구경하지 않았고 행렬도 흐트러져서 꼴이 말이 아니었다.

1926년 10월 씀.

관문을 나가다

出關

노자老子는 조금도 움직이지 않고 앉아 있었다. 꼭 나무토막 같았다.

"선생님, 공구孔丘께서 또 오셨습니다!" 노자의 학생 경상초가 귀찮다는 듯이 들어와서 가만히 말했다.

"모시거라……"

"선생님, 안녕하신지요?" 공자가 아주 공손하게 예를 표하면서 말했다.

"나야 항상 그렇지요." 노자가 대답했다. "선생은 어떠시오? 여기 있는 장서를 죄다 읽으셨겠지요?"

"다 보았습니다. 그런데……" 공자는 조금 초조한 기색이었다. 예전에는 이런 적이 없었다. "제가 『시경』『서경』『예기』『악기』『역경』『춘추』 육경을 연구했습니다. 오랫동안 연구했고 통달했다고 자부합니다. 그런데 일흔두 명의 군주를 배알했지만 누구도 받아주지 않았습니다. 사람이란 정말 알기 어려운 존재로군요. 아니면 '도'가 알기 어려운 것일까요?"

"그대는 그래도 운이 좋은 편이오." 노자가 말했다. "유능한 주군을 만나지 못한 것 말이오. 육경 같은 거야 그저 선왕들의 옛 발자취일 뿐이오. 발자취라는 게 어떻게 만들어지오? 그대의 말도 발자취와 같소. 발자취란 신발로 밟아서 만들어지는 법이지만, 그렇다고 발자취가 신발은 아니지 않소?" 노자는 잠시 멈추었다가 다시 말을 이었다. "물새들은 그저 바라보기만 하고, 눈동자도 움직이지 않는데 자연스럽게 임신을 하오. 벌레는, 수컷이 바람 위에서 울고 암컷이 바람 아래서 응하면 자연스럽게 임신을 하오. 한몸에 암수가 다 있는 무리들도 자연스럽게 임신을 하오. 본성性은 고칠 수 없고, 명命은 바꿀 수 없는 것이며, 시時는 잡을 수 없는 것이고, 도道는 막을 수 없는 것이오. 도를 얻으면 모든 것이 이루어지지만, 도를 잃으면 아무것도 되지 않소."

공자가 머리를 한 대 얻어맞은 듯 넋이 나간 채 앉아 있었다. 꼭 나무토막 같았다.

대략 팔 분쯤 지나 공자가 깊은숨을 내쉬며 그만 돌아가려고 일어나 예전처럼 겸손하게 노자의 가르침에 감사를 표했다.

노자도 만류하지 않고 일어나 지팡이를 짚으며 도서관* 대문 밖까지 배웅하였다. 공자가 막 수레에 오르려고 할 때에야 노자가 녹음기처럼 말했다.

"가시려오? 차라도 마시지 않고?"

공자가 "네, 네" 대답을 하면서 수레에 올라 두 손을 아주 공손히 모았다. 그러고는 수레에 가로로 걸쳐놓은 널빤지에 기대었다. 염유가 채찍을 공중에 휘두르며 "이랴!" 하고 외치자 수레가 출발했다. 노자는 수레가 대문에서 십여 걸음 멀어진 뒤에야 안으로 들어갔다.

"선생님 오늘 기분이 좋으신 듯합니다." 노자가 자리에 앉은 것을 보고 경상초가 옆에 서서 손을 늘어뜨리며 말했다. "말씀도 적지 않으시고……"

"네 말이 맞다." 노자가 가볍게 한숨을 쉬면서 약간 기운이 없는 듯이 대답했다. "정말 내가 말을 너무 많이 했다." 그는 문득 한 가지 일이 생각난 모양이었다. "아, 공구가 가져온 그 거위**, 절여서 말린 거겠지? 너희들 삶아 먹어라. 나는 어쨌든 이가 없으니 씹을 수도 없고."

---

* 노자는 주나라 왕실에서 장서를 관리하는 사관(史官)을 지냈다고 한다.

** 고대 중국에서는 사대부들이 처음 만날 때 거위고기를 선물했다.

경상초가 물러갔다. 노자는 다시 조용해졌고 눈을 감았다. 도서관은 아주 조용했다. 대나무 장대가 처마를 때리는 소리만 들렸는데, 그건 경상초가 처마에 걸렸던 절인 거위고기를 내리고 있어서였다.

순식간에 석 달이 지났다. 노자는 조금도 움직이지 않고 앉아 있었다. 꼭 나무토막 같았다.

"선생님, 공구께서 오셨습니다!" 노자의 학생 경상초가 의아하다는 듯이 들어와 가만히 말했다.

"모시거라……" 노자는 늘 그렇듯이 그저 이 한 마디뿐이었다.

"선생님, 안녕하신지요?" 공자가 아주 공손하게 예를 표하면서 말했다.

"나야 항상 그렇지요." 노자가 대답했다. "오랫동안 뵙지 못했습니다. 필시 집에 틀어박혀 공부를 했겠지요?"

"아닙니다. 아녜요." 공자가 겸허하게 말했다. "바깥출입을 하지 않고 생각을 했습니다. 깨달은 바가 조금 있었습니다. 까마귀와 까치가 서로 입을 맞추고, 물고기가 침을 바르고, 나나니벌이 다른 것으로 변하고, 형 되는 자가 동생이 그리워 웁니다. 그런데 저 자신은 오랫동안 변화에 몸을 맡기지 않았습니다. 그러니 어떻게 다른 사람을 변화시킬 수 있겠습니까!"

"그래요, 그래!" 노자가 말했다. "깨달으셨군요!"

그런 뒤 둘 다 말이 없었다. 두 개의 나무토막 같았다.

대략 팔 분쯤 지나 공자가 깊은숨을 내쉬며 그만 돌아가려고 일어나 예전처럼 겸손하게 노자의 가르침에 감사를 표했다.

노자도 만류하지 않았다. 일어나 지팡이를 짚으며 도서관 대문 밖까지 배웅하였다. 공자가 막 수레에 오르려고 할 때에야 노자가 녹음기처럼 말했다.

"가시려오? 차라도 마시지 않고?"

공자가 "네, 네" 대답을 하면서 수레에 올라 두 손을 아주 공손하게 모으며 수레의 널빤지에 기대었다. 염유가 채찍을 공중에 휘두르며 "이랴!" 하고 외치자 수레가 출발했다. 노자는 수레가 대문에서 십여 걸음 멀어진 뒤에야 안으로 들어갔다.

"선생님 오늘 기분이 좋지 않으신 듯합니다." 노자가 자리에 앉은 것을 보고 경상초가 옆에 서서 손을 늘어뜨리며 말했다. "말씀도 적으시고……"

"네 말이 맞다." 노자가 가볍게 한숨을 쉬면서 약간 기운이 빠진 듯이 대답했다. "하지만 너는 모를 것이다. 내가 떠나야 할 것 같다."

"떠나시다니요?" 경상초가 맑은 날 날벼락을 만난 듯 깜짝 놀랐다.

그런 뒤 둘 다 말이 없었다. 두 개의 나무토막 같았다.

"공구가 이제 내 뜻을 이해하였다. 자신의 속내를 훤히 꿰뚫을 수 있는 사람이 나뿐이라는 걸 알았으니 필시 마음을 놓지 못할 것이다. 내가 떠나지 않으면 그리 편치 않을 것이니……"

"그렇지만 같은 길을 가시는 것 아닌지요? 굳이 왜 떠나시는지요?"

"아니다." 노자가 손을 내저었다. "우리는 그래도 길이 다르다. 같은 한 켤레 신발이라고 해도, 내 것은 사막을 걷고, 그의 것은 조정을 향한다."

"하지만 어쨌든 그의 선생이지 않으십니까!"

"너는 내게서 그렇게 여러 해 동안 배웠는데, 아직도 답답하구나." 노자가 웃었다. "정말 본성은 고칠 수 없고 명은 바꿀 수 없는 꼴이구나. 너는 공구와 내가 다르다는 점을 알아야 한다. 그는 이제 다시 오지 않을 것이고 더는 나를 선생이라고 부르지도 않을 것이고, 나를 영감탱이라고 부를 것이다. 뒤에서 갖가지 술수를 부릴 테고."

"전 정말 모르겠습니다. 하지만 선생님께서 사람 보시는 눈이 틀릴 리 없으니……"

"아니다, 처음에는 잘못 보는 경우가 많다."

"그럼," 경상초가 생각에 잠겼다. "우리가 그 사람하고 한번 해보는 것은……"

노자가 다시 웃으며 경상초 쪽으로 입을 벌렸다.

"보거라, 내 이가 아직 있느냐?" 노자가 물었다.

"없습니다." 경상초가 대답했다.

"혀는 아직 있느냐?"

"있습니다."

"알겠느냐?"

"선생님의 뜻은, 강한 것은 벌써 없어졌고, 부드러운 것은 아직 있다는 것인가요?"

"맞다. 내 생각에 너도 짐을 챙기는 게 나을 성싶다. 집에 가서 네 처도 좀 보고. 그런데 먼저 그 푸른 소*에게 좀 솔질을 해주고 안장도 말려주거라. 난 내일 아침 일찍 떠나련다."

노자는 주나라의 서쪽 국경인 함곡관에 이르러 곧장 관문으로 통하는 큰길로 가지 않고 푸른 소를 끌고 샛길로 접어들어 성 아래를 천천히 돌았다. 성을 타고 넘을 생각이었다. 성벽이 높지 않아 소 등에 올라서서 몸을 솟구치기만 하면 그런대로 넘어갈 수 있었다. 하지만 푸른 소가 성안에 남게 되고 밖으로 끌어낼 수가

---

* 『열이전』에 "노자가 서쪽으로 가는데 관문의 대장인 윤희는 보랏빛 기운이 관문에 떠도는 것을 보았다. 과연 노자는 푸른 소를 타고 떠났다"라는 구절이 있다.

없다. 옮기려면 기중기를 써야 했지만, 그 당시는 노반魯般도 묵적墨翟*도 아직 세상에 없던 때고, 노자도 그런 물건은 생각하지 못했다. 어쨌거나 철학적 두뇌를 다 동원해보았지만 방법이 없었다.

그런데 그가 더 예상치 못한 것은 그가 샛길로 접어들 때 벌써 보초에게 발견되어 바로 관문의 관리에게 보고되었다는 사실이었다. 그래서 일고여덟 장丈**을 못 가서 사람과 말이 뒤에서 떼지어 쫓아왔다. 노자를 발견한 그 보초가 말에 올라 선두에서 쫓아왔고, 관문의 관리, 관윤희가 뒤를 이었다. 순찰병 네 명과 세관원 두 명도 데리고 왔다.

"섯거라!" 여러 명이 크게 소리쳤다.

노자가 얼른 푸른 소의 고삐를 잡아당기고 꿈쩍도 하지 않았다. 나무토막 같았다.

"아, 아니!" 관문 관리가 앞으로 나왔다가 노자의 얼굴을 알아보고는 놀라 소리를 질렀고, 즉시 말에서 뛰어내려 손을 모아 예를 표하면서 말했다. "누구인가 했더니 노담老聃 관장님이시군요. 정말 생각지도 못했습니다."

---

* 노나라의 유명한 기계 기술자인 노반이나 묵자로 알려진 묵적은 전쟁에 쓰는 기계를 잘 만들었다.

** 길이의 단위로 한 자(尺)의 열 배이다. 약 3.33미터.

노자도 얼른 소 등에서 내려와 눈을 가늘게 뜨고 그 사람을 훑어보며 얼버무렸다. "내가 기억력이 좋지 않아서……"

"당연하지요, 선생님은 잊으셨을 겁니다. 저는 관윤희라고 합니다. 전에 도서관에 『세수稅收 핵심 정리』라는 책을 찾으러 가서 선생님을 찾아뵌 적이 있습니다……"

그때 검사관이 푸른 소의 안장을 뒤집어보고 꼬챙이로 구멍을 찔러보고 손가락을 펴서 후벼보기도 하다 아무 소리도 없이 입을 삐죽하며 물러갔다.

"성 주변을 산책하던 중이셨는지요, 선생님." 관윤희가 물었다.

"아닙니다. 나가고 싶어서, 신선한 공기를 쐴까 하고……"

"좋지요! 좋다마다요! 지금 다들 위생에 신경쓰잖아요. 위생이 무척 중요하지요. 그런데 이런 기회가 흔치 않으니, 선생님을 관문에 며칠 모시면서 가르침을 청했으면 합니다만……"

노자가 채 대답도 하기 전에 순찰병 네 명이 앞으로 와서 그를 들어 소 등에 앉혔고 세관원이 꼬챙이로 소 엉덩이를 찌르자 소가 꼬리를 한번 말더니 발을 뗐고, 다들 관문 입구로 향했다.

관문에 이르자 바로 대청을 열고 노자를 접대하였다. 대청은 성 누각의 가운데 칸이었는데, 창가에서 바라보면 밖은 온통 황토로 된 평원이었고 멀어질수록 낮아졌다. 하늘은 푸르고 정말 공기가 좋았다. 높은 준령에 있는 이 요충지는 문밖 좌우는 온통 비탈이고 중간에 수레가 다니는 길이 나 있어 마치 절벽 사이에 있는 듯했다. 정말 흙덩어리 하나면 막을 수 있을 것처럼 보였다.

다들 따뜻한 물을 마시고 떡을 먹었다. 노자에게 잠시 쉴 시간을 준 뒤 관윤희는 강의를 해달라는 이야기를 꺼냈다. 노자도 피할 수 없다는 걸 감지한 터라 두말없이 승낙했다. 그리하여 한바탕 소란이 일었고 강의를 들으려는 사람들이 방안 가득 앉았다. 같이 온 여덟 명 외에 순찰병이 네 명 더 있었고 세관원 두 명, 보초 다섯 명, 서기 한 명, 그리고 회계와 요리사가 있었다. 몇 명은 붓과 칼, 목찰木札을 들고서 강의를 필기할 준비를 했다.

노자는 한가운데에 나무토막처럼 앉아 있었다. 잠시 침묵한 뒤 기침을 몇 번 하고 나서 하얀 수염 속의 입술을 움직이기 시작했다. 다들 즉시 숨을 멈추고 귀기울여 들었다. 노자가 천천히 말하는 소리만 들렸다.

"도道를 도라고 할 수 있는 것은 진정한 도가 아니고, 이름을 이름 지을 수 있는 것은 진정한 이름이 아니다. 무명無名은 천지의 시작이고, 유명有名은 만물의 어머니이니……"

듣는 이들은 서로 얼굴만 쳐다보며 필기를 하지 않았다.

"고로 늘 무욕無慾이면 그 오묘함을 보며," 노자가 말을 이어갔다. "늘 유욕有慾이면 그 외형을 본다. 그 둘은 같은 곳에서 나왔지만 이름이 다르다. 그 같음을 이르러 그윽하다 하였다. 그윽하고 그윽하여라. 모든 묘함이 그 문으로 나오나니……"

다들 괴로운 얼굴을 드러냈고 어떤 이들은 어찌할 바를 모르는 듯했다. 한 세관원은 입이 찢어져라 하품을 했고 서기 선생은 졸기 시작했다. 딸그락 소리와 함께 칼이며 붓, 목찰이 손에서 자리로 떨어져버렸다.

노자는 이를 알아챈 듯도, 모르는 듯도 했다. 그때부터 조금 자세하게 강의했기 때문이다. 하지만 이가 없어서 발음이 또렷하지 않았고 섬서 지방 말투에 호남 지방 억양이 섞여 '리'와 '너'가 구분이 안 되고 '얼'이란 소리를 자주 해서 알아듣기 어려웠다. 시간이 길어지면서 그의 강의를 들으러 온 사람들은 더욱 더 고통을 겪었다.

사람들은 체면을 생각해서 그저 참고 앉아 있었지만 나중에는 몸을 비틀며 기댈 수밖에 없었고, 각자 속으로는 자기 일을 생각했다. "성인의 도는 행하되 다투지 않는다"는 말을 끝으로 노자가 입을 닫았지만 누구도 움직이지 않았다. 노자가 조금 기다리다가 한마디를 더 했다.

"얼, 끝났습니다!"

다들 그제야 깊은 꿈에서 깬 듯했다. 너무 오래 앉아 있어서 두 발이 저려 한동안 몸을 일으키지 못했지만, 마음은 마치 대사면을 받은 것처럼 기쁘고 즐거웠다.

그리하여 노자도 휴식을 위해 사랑방으로 안내되었다. 그는 따뜻한 물을 몇 모금 마시고는 조금도 움직이지 않고 앉아 있었다. 꼭 나무토막 같았다.

사람들은 밖에서 의견이 분분했다. 얼마 지나지 않아 대표로 네 명이 노자를 만나러 들어왔다. 말인즉, 그의 말이 너무 빠른 데다가 사투리가 심해서 아무도 필기를 못했다고 했다. 기록이 없으면 참으로 안타까운 일이기에 강의를 보완해달라고 청하였다.

"뭐시기, 참말로 무슨 말씀인지 모르겠어요!" 회계가 말했다.

"직접 써주세요. 써주셔야지 괜시리 떠든 게 안 되는 겁니다, 아닙니까?" 서기 선생이 말했다.

노자도 그들의 말을 잘 알아듣지 못했다. 하지만 다른 두 사람이 붓과 칼, 목찰을 자기 앞에 내려놓는 모습을 보고는 강의록을 만들어달라는 뜻이라고 짐작했다. 피할 수 없다는 것을 안 그는 두말없이 수락했다. 하지만 오늘은 너무 늦어서 내일부터 착수하기로 했다.

대표들은 이 결과에 만족하고 물러갔다.

이튿날 아침, 날이 조금 우중충했다. 노자는 마음이 편치 않았지만 그래도 강의록을 만들어야 했다. 서둘러 관문을 나가야 했고, 관문을 나가려면 강의록을 넘겨줘야만 했다. 눈앞에 놓인 목찰 무더기를 보니 더욱 마음이 편하지 않았다.

하지만 노자는 그런 기색을 드러내지 않은 채 조용히 앉아서 쓰기 시작했다. 전날에 했던 말을 기억해내며, 생각을 하고, 한 구절을 적었다. 그때는 안경이 아직 발명되기 전이라, 노안이었던 그는 눈을 실처럼 가늘게 떠야 해서 무척 힘이 들었다. 따뜻한 물을 마시고 떡 먹는 시간을 빼고 하루 하고도 반나절을 꼬박 썼는데 겨우 오천 자를 썼다.

'관문을 나가는데 이 정도면 그럭저럭 되겠지.' 그가 생각했다.

그래서 끈을 들고 목찰을 묶어 두 꿰미를 만들고는, 지팡이를 짚고 관윤희의 사무실로 가서 넘겨주었다. 그러면서 바로 떠나겠다는 뜻을 밝혔다.

관윤희가 몹시 기뻐하며 고마워했다. 그리고 몹시 아쉬워하며 조금 더 묵으라고 강하게 만류하였다. 하지만 만류할 수 없다는 것을 알고는 슬픈 표정을 지으며 알겠다고 하고는 순찰병에게 푸른 소에 안장을 얹으라고 명령하였다. 그러면서 자신이 직접 시렁에서 소금 한 봉지와 검은깨 한 봉지, 떡 열다섯 개를 꺼내 백성에게서 몰수해 온 흰 자루에 넣어서, 길을 가면서 양식으로 삼으라며 노자에게 주었다. 아울러 노자가 나이든 작가여서 특별히 우대하는 것이며, 그가 젊었더라면 떡을 열 개만 주었을 것이라고 밝혔다.

노자는 거듭 감사를 표하고 자루를 받아 사람들과 성 누각을 내려갔다. 관문 입구에 도착한 뒤에도 여전히 푸른 소를 끌고 걸어가려고 했다. 그런데 관윤희가 소에 오르라고 강권하는 바람에 한 번 겸손하게 사양을 한 뒤에 결국 소에 올랐다. 작별한 뒤 소 머리를 돌려 가파른 큰길을 향해 천천히 걸었다.

얼마 지나지 않아 소가 걸음을 재촉했다. 다들 관문 입구에서 눈으로 전송했다. 두세 장이나 갔어도 백발과 노란 두루마기, 푸른 소, 흰 자루가 분간이 되었다. 이어 먼지가 점차 일어나 사람과 소를 덮어 모두 잿빛으로 변했고, 다시 조금 뒤에는 누런 먼지만 날릴 뿐 아무것도 보이지 않았다.

다들 관문으로 돌아왔다. 무거운 짐을 내려놓은 듯 허리를 펴고서, 무슨 진기한 물건이라도 얻은 것처럼 입맛을 다시며 관윤희를 따라 여러 사람이 사무실로 들어갔다.

"이게 원고예요?" 회계 선생이 목찰 꿰미를 들고 뒤집어보며 말했다. "글자는 그래도 깨끗하게 썼네. 장에 내다 팔면 분명히 살 사람이 있을 겁니다."

서기 선생도 끼어들어 첫번째 목찰을 보면서 읽었다.

"'도를 도라고 할 수 있는 것은 진정한 도가 아니고'…… 흥, 또 그 타령이야. 듣기만 해도 머리가 아프네. 지겨워……"

"머리 아픈 데는 한숨 자는 게 최고야." 회계가 목찰을 내려놓

작별한 뒤 소 머리를 돌려 가파른 큰길을 향해 천천히 걸었다.

으면서 말했다.

"하하하! 나는 정말로 졸았다니까. 사실 난 선생이 자기 연애 이야기를 할 줄 알고 들으러 간 거였거든. 그런 헛소리를 할 줄 알았으면 절대로 그렇게 오래 벌서며 앉아 있지 않았을 거야……"

"그게 다 당신들이 사람을 잘못 본 탓이지." 관윤희가 웃으며 말했다. "그 사람이 어딜 봐서 연애 얘기 할 사람 같아? 그 사람 연애라고는 전혀 해본 적이 없는데."

"어떻게 아세요?" 서기가 의아해하며 물었다.

"당신들이 조느라 '행함이 없으나 하지 못함이 없다'고 한 말을 못 들었겠지. 그 양반 정말 '마음은 하늘보다 높고 목숨은 종이만큼 얇아서' '하지 못함이 없'으려니 당연히 '행함이 없을' 수밖에. 사랑하는 바가 있으려면 사랑하지 않음이 없을 수 없는데, 어떻게 연애를 할 수 있어, 감히 연애를? 당신들 자신을 좀 보라고. 아가씨만 보이면 그저 예쁘건 못생겼건 눈길이 달콤해지는 게 꼭 자기 마누라라도 보는 것 같잖아. 나중에 마누라가 생기면 우리 회계 담당 선생처럼 좀 얌전해질 텐데."

창밖에 한차례 바람이 일었고 다들 조금 추위를 느꼈다.

"그 노인네 도대체 어디로, 뭐하러 가는 걸까?" 서기 선생이 그 틈에 관윤희의 말에 끼어들었다.

"자기 말로는 사막으로 간다던데." 관윤희가 차갑게 말했다.

"갈 수 있는지 보라고. 밖에 소금도, 떡도 없고 물도 구하기 힘든데. 내 생각에는 나중에 배까지 고파지면 다시 우리한테 올 거야."

"그럼 또 책을 쓰라고 해야겠네." 회계 선생이 신이 났다. "하지만 이번에 떡을 너무 많이 썼어. 다시 오면 그때는 방침이 바뀌었다고, 신인 작가를 발탁하기로 방침이 바뀌었다고 합시다. 원고 두 꿰미에 떡 다섯 개만 주면 충분할거야."

"그건 안 될걸. 불평을 하고 성질을 부릴 거라고."

"배가 고픈데, 성질을 부려?"

"그런데 내 생각에는 이런 건 볼 사람이 없을 것 같은데." 서기가 손을 흔들며 말했다. "떡 다섯 개도 본전도 못 건질 거야. 그 사람 말이 맞다고 쳐, 그럼 우리는 관문 관직을 내려놓고 그만둬야 하잖아. 그래야 하지 않음이 없게 되고 대단한 인물이 되는 거잖아……"

"그건 상관없어." 회계 선생이 말했다. "그래도 보는 사람이 있을 거야. 관문 관직을 그만두었거나 아직 관문 관리가 되지 못하고 은둔한 인사들이 얼마나 많아?"

창밖에 한차례 바람이 일었고, 누런 먼지가 날려 하늘을 반쯤 가려서 어두워졌다. 관윤희가 창밖을 보니 여러 순찰병과 보초들이 서서 그들의 이야기를 넋을 놓은 채 듣고 있었다.

"넋 놓고 여기 서서 뭐하느냐?" 관윤희가 소리쳤다. "해가 졌으니, 밀수꾼들이 탈세하려고 몰래 성을 넘을 시간이잖아? 순찰들 나가라고!"

창문 밖 사람들이 연기처럼 흩어졌다. 방안 사람들도 더이상 말이 없었다. 회계와 서기도 나갔다. 관윤희는 두루마기 소매로 책상 위 먼지를 털고 목찰 두 꿰미를 들어 몰수한 소금과 검은깨, 베, 콩, 떡 등이 쌓여 있는 시렁에 올려놓았다.

1935년 12월 씀.

공격을 막다

非攻

1

자하의 제자 공손고가 벌써 여러 번 묵자墨子를 찾아왔다. 하지만 항상 묵자가 집에 없어서 만나지 못했다. 대략 네다섯번째에야 공교롭게도 문 앞에서 만났다. 공손고가 막 도착했을 때 묵자도 때마침 집에 돌아온 것이다. 둘은 같이 집안으로 들어갔다.

공손고가 한 번 사양한 뒤 방석에 구멍이 난 것을 보면서* 부드럽게 물었다.

"선생은 싸우지 말아야 한다고 주장하시지요?"

---

* 묵자가 절약을 강조한 사람이라는 것을 암시함.

“그렇소!” 묵자가 말했다.

“그럼, 군자는 싸우지 않습니까?”

“그렇소!” 묵자가 말했다.

“개돼지도 싸우는데, 하물며 사람이……”

“오오, 그대 유학자들은 입으로는 요순堯舜을 논하면서 일을 할 때는 개돼지를 배우려 하는군요. 불쌍하구려, 불쌍해!” 묵자가 말하면서 일어서서 총총히 주방으로 걸어갔다. 그러면서 말했다. “당신은 내 뜻을 이해하지 못했소……”

묵자가 주방을 통과해 후문 밖 우물가로 갔다. 도르래를 돌려 물을 반 바가지 길어서는 열 모금쯤 마시고 두레박을 내려놓았다. 입을 닦고는 갑자기 뜰 모퉁이를 바라보며 소리쳤다.

“아렴아! 어째서 돌아왔느냐?”

아렴이 묵자를 보고서 달려오고 있었다. 앞에 와서 예의바르게 서서 손을 내려뜨리고는 “선생님,” 하고 부르더니 씩씩거리며 말을 이었다.

“전 하지 않을 겁니다. 그 사람들은 언행이 일치하지 않습니다. 저한테 분명히 좁쌀 일천 되를 주기로 해놓고선 오백 되만 주었습니다. 그래서 돌아올 수밖에 없었습니다.”

“일천 되보다 더 주었으면 돌아왔겠느냐?”

“아닙니다.” 아렴이 대답했다.

"그럼, 그 사람들이 언행이 일치하지 않아서가 아니라 적어서 그런 것 아니냐!"

묵자가 말하면서 다시 주방으로 뛰어들어가 소리쳤다.

"경주자야! 옥수숫가루 좀 반죽해주거라!"

경주자가 막 대청에서 나왔다. 활기찬 청년이었다.

"선생님, 열흘 치 분량쯤 되는 비상식량을 만들라는 말씀이지요?" 경주자가 물었다.

"맞다." 묵자가 말했다. "공손고는 갔겠지?"

"갔습니다." 경주자가 웃으며 말했다. "화가 나서 우리가 주장하는 겸애兼愛가 아비도 모르는 금수 같은 거라고 말했습니다."

묵자도 웃었다.

"선생님은 초나라로 가십니까?"

"그렇다. 너도 알았느냐?" 묵자는 경주자더러 물로 옥수숫가루를 반죽하라고 하고 자신은 부싯돌과 쑥대로 불을 살린 뒤 마른 가지에 불을 붙여 물을 끓였다. 눈으로 불을 보면서 느릿느릿 말했다. "우리 고향 사람 공수반이라고 있지, 항상 자신의 조그만 총명함을 믿고 풍파를 일으킨단 말이야. 구거鉤拒*를 만들어서

* 배를 이용해 전투를 할 때 쓰던 무기. 갈고리와 창이 같이 달려 있어 상대편의 배를 갈고리로 걸어 끌어와 찌를 수 있다.

초왕이 월나라 사람들과 싸우게 하고도 모자라서 이번에는 무슨 운제雲梯*인가를 고안해서 송나라를 공격하라고 초왕을 부추기고 있다. 송은 소국인데 그런 공격을 어떻게 막겠느냐. 내가 가서 그 사람을 말려야겠다."

그는 경주자가 벌써 옥수수 빵을 찜통에 올려놓은 것을 보고 자기 방으로 돌아가 벽장에서 소금에 절여 말린 명아주와 낡은 구리칼을 꺼냈고, 따로 헌 보자기도 찾았다. 경주자가 찐 옥수수 빵을 들고 들어오자 한 꾸러미에 같이 쌌다. 옷도 꾸리지 않고 세수할 수건도 챙기지 않았다. 그저 가죽 허리띠를 한번 꽉 조이고는 마루에서 내려와 짚신을 신고 등에 보따리를 메고는 뒤도 돌아보지 않고 떠났다. 보따리에서 모락모락 뜨거운 김이 났다.

"선생님 언제 돌아오세요?" 경주자가 뒤에서 소리쳤다.

"스무 날쯤 걸릴 게다." 묵자가 대답을 하고는 그저 걸었다.

2

묵자가 송나라에 들어갔을 때 짚신은 벌써 서너 번 끊어졌다.

** 성을 공격할 때 쓰는 사다리.

발바닥이 뜨거운 것 같아 멈춰 살펴보니 신발 바닥은 닳아서 구멍이 뚫렸고, 발에 못이 박인 곳도 있고 물집이 잡힌 데도 있었다. 그래도 조금도 개의치 않고 그대로 걸었다. 길을 따라가며 상황을 보니, 인구는 적지 않았는데 계속된 물난리와 전란의 흔적이 여전히 도처에 남아 있었다. 백성들의 변화만큼 빠르게 바뀌지 않은 것이다. 사흘을 걸었지만 큰 집 한 채 보이지 않았고, 큰 나무 한 그루 보이지 않았으며, 활기찬 사람 한 명 보이지 않았고, 비옥한 밭 한 뙈기 보이지 않았다. 그렇게 도성에 도착했다.

성벽도 낡았는데 몇 군데는 그나마 새 돌로 막아놓았다. 해자 주변에는 누군가 파낸 듯한 지저분한 진흙더미가 보였지만, 몇 사람이 해자 주변에 앉아 한가로이 낚시를 하고 있었다.

'저들도 소식을 들었겠지.' 묵자는 생각했다. 낚시하는 사람들을 자세히 보았지만 묵자의 학생은 거기에 없었다.

그는 성을 통과하여 지나갈 셈으로 성 북문 쪽으로 가서는 중앙에 난 길을 따라 계속 남쪽을 향해 걸었다. 성안은 쓸쓸하긴 해도 평온했다. 가게들은 죄다 할인한다는 쪽지를 붙여놓았지만 사는 사람은 보이지 않았고, 가게에도 이렇다 할 물건이 없었다. 거리에는 가늘고 질척거리는 황토만 가득 쌓여 있었다.

'이 모양인데 공격을 한다니!' 묵자가 생각했다.

그는 큰길을 지나갔는데, 가난한 사람들 말고 다른 특이한 광

사흘을 걸었지만 큰 집 한 채 보이지 않았고, 큰 나무 한 그루 보이지 않았으며,
활기찬 사람 한 명 보이지 않았고, 비옥한 밭 한 뙈기 보이지 않았다.

경은 보이지 않았다. 초나라가 공격해 온다는 소식을 아마 들은 것 같았다. 하지만 다들 익숙해져서 공격당할 만하니까 당한다고 여기며 특별하게 생각하지 않았다. 누구든 입을 것, 먹을 것 없이 목숨만 남아, 이사갈 생각을 하는 사람이 없었다. 남문이 보이는 성곽이 보이는 곳에 이르러서야 길모퉁이에 십여 명이 모여 있는 모습이 보였다. 누군가의 이야기를 듣는 모양이었다.

묵자가 가까이 다가가니 허공에 손짓을 하면서 크게 외치는 한 사람이 보였다.

"우리가 그들에게 송나라 백성의 기상을 보여줍시다. 우리 모두 죽으러 갑시다!"

묵자는 알았다. 자신의 학생 조공자의 목소리였다.

묵자는 사람들 사이를 비집고 들어가 알은체를 하는 대신 총총히 남쪽 성문을 나와 그저 자신이 가던 길을 재촉했다. 다시 꼬박 하루하고도 한밤중까지 걷고 나서 쉬었다. 한 농가의 처마 밑에서 해가 뜰 때까지 잤고, 일어나 다시 걸었다. 짚신이 너덜너덜해져서 신을 수가 없었다. 보따리는 옥수수 빵이 들어 있어서 쓰지 못하고, 옷 천을 찢어 발을 감쌌다.

하지만 천조각이 얇아서 울퉁불퉁한 시골길이 발바닥을 찔러 걷기가 무척 힘들었다. 오후가 되어 작은 회화나무 밑에 앉아 보따리를 풀고 점심을 먹었다. 발도 좀 쉬게 할 참이었다. 멀리서 한 건장한 사내가 무거워 보이는 작은 수레를 밀며 이쪽으로 오고 있었다. 가까이 이르러 그 사람이 수레를 멈추고 묵자 앞으로 걸어와 "선생님" 하고 외쳤다. 그러고는 옷깃을 걷어 얼굴에 흐른 땀을 닦으면서 숨을 헐떡였다.

"그거 모래냐?" 묵자가 자신의 학생 관검오를 알아보고 물었다.

"예, 운제를 막으려고요."

"다른 준비는 어떠냐?"

"삼베와 재, 철을 모았습니다. 하지만 무척 어렵습니다. 있는 사람은 내려 하지 않고 내겠다는 사람은 가진 게 없고. 빈말만 하는 사람만 많고요……"

"어제 성안에서 조공자가 연설하는 걸 들었다. 무슨 '기상'이 어떻고 '죽음'이 어떻고 떠들고 있더구나. 네가 가서 이르거라. 헛된 짓 그만하라고. 죽는 것도 나쁜 것은 아니지만 어려운 일이고, 만약 죽는다면 백성들에게 도움이 되어야 한다고!"

"말을 건네기가 어려워요." 관검오가 원망스러운 듯이 대답했다. "그 사람은 여기서 이 년 동안 관리를 했는데 우리하고 별로 이야기하려 들지 않아요……"

"금활리는?"

"금활리는 너무 바빠요. 막 쇠뇌를 실험했으니, 지금은 서쪽 성문 밖에서 지형을 살피느라 선생님을 만나지 못할 겁니다. 선생님은 공수반을 찾아 초나라로 가시는 길이지요?"

"맞다." 묵자가 말했다. "허나 그가 내 말을 들을지 안 들을지 모르겠다. 너희는 그래도 준비를 하거라. 그저 말로만 성공하길 바라지 말고."

관검오가 고개를 끄덕였고, 길을 나서는 묵자를 눈으로 배웅한 뒤, 작은 수레를 밀고 삐걱거리며 성으로 들어갔다.

3

초나라 영성*의 모습은 참으로 송나라와 비교할 수가 없었다. 거리도 넓고 집들도 반듯했다. 큰 점포에는 새하얀 삼베, 붉은 고추, 알록달록한 사슴 가죽, 통통한 연뿌리 같은 좋은 물건들이 수없이 진열되어 있었다. 길을 가는 사람들을 보니 체구는 북방 사람들보다 조금 작아도 활달하고 기운찼고, 옷도 깨끗했다. 여기 사람들과 비교해보니, 옷은 누더기이고 두 발은 천으로 싼 묵자는 영락없이 거지꼴이었다.

다시 중앙을 향해 가니 큰 광장이 나왔는데 노점상이 늘어서

* 초나라의 도성.

있고 사람들로 붐비는 번화가로, 네거리의 교차로였다. 묵자는 선비인 듯한 노인을 찾아 공수반의 거처를 물었다. 유감스럽게도 말이 통하지 않아 손바닥에 글자를 써서 보여주려고 하는데, 와 소리가 나더니 다들 노래를 부르기 시작했다. 알고 보니 유명한 새상령*이 그녀의 〈하리파인下里巴人〉을 부르고 있었고, 온 나라 사람들이 같이 부르며 호응하는 것이었다. 조금 지나자 그 노인 선비조차 입으로 흥얼거렸다. 묵자는 노인이 손바닥의 글자를 다시 볼 리가 없다는 것을 알고는 '공公'자의 절반까지만 쓰고는 먼 곳을 향해 걸음을 재촉했다. 하지만 가는 곳마다 노래를 부르고 있어서 끼어들 틈이 없었다. 한참이 지나서야 저쪽에서 노래가 끝났는지 차츰 조용해졌다. 묵자는 어느 목공점을 찾아 공수반의 주소를 물었다.

"그 산동 어른이오? 구거를 만든 공수 선생 말이죠?" 가게 주인은 누런 얼굴에 까만 수염이 난 뚱보였는데, 과연 알고 있었다. "멀지 않아요. 오던 길로 되돌아가서 네거리를 지나 오른쪽에서 두번째 작은 길에서 동쪽으로 가다가 남쪽으로 트세요. 그리고 다시 북쪽을 향해 길모퉁이를 돌면 세번째 집이 바로 그 선생 집이오."

* 새상령은 루쉰이 여신 상령을 근거로 만든 가공의 인물이다.

묵자는 손바닥에 글자를 쓰며 잘못 듣지 않았는지 그더러 봐달라고 한 뒤, 마음에 단단히 새겼다. 주인에게 고맙다고 말하고는 성큼성큼 걸어서 그가 알려준 곳으로 한걸음에 갔다. 과연, 맞았다. 세번째 집 대문에 지극히 정교하게 새긴 녹나무 문패가 걸려 있고 대전체*로 여섯 글자가 쓰여 있었다. '노국魯國 공수반 댁'.

묵자가 짐승 머리 모양의 홍동紅銅 문고리를 잡고 탕탕 몇 번 두드렸다. 문을 열고 나온 사람은 뜻밖에도 사나운 표정의 문지기였다. 그가 쓱 훑어보고는 큰 소리로 외쳤다.

"선생님은 객을 만나지 않소. 도움을 청하러 오는 동향 사람들이 너무 많거든!"

묵자가 막 문지기를 쳐다보자마자 문지기는 벌써 문을 닫아버렸다. 다시 두드려봤지만 이번에는 아무 소리가 없었다. 그런데 쏘아보던 묵자의 그 눈빛에 문지기는 불안해졌다. 문지기는 아무래도 마음이 편하지가 않아서 들어가 그의 주인에게 아뢰었다. 공수반은 곱자를 들고 운제 모형을 재고 있던 참이었다.

"선생님, 또 동향 사람이 도움을 청하러 왔는데요…… 그런데 이 사람이 좀 별납니다……" 문지기가 조용히 말했다.

---

* 중국 곳곳의 여러 서체를 진나라 시절에 한 가지로 다듬은 것을 소전체(小篆體)라고 하고, 그 이전의 서체를 뭉뚱그려 대전체(大篆體)라고 한다.

"성이 무어라 하더냐?"

"그것까지 물어보진 않고……" 문지기가 당황스러워했다.

"어떻게 생겼더냐?"

"거지 같았습니다. 서른 남짓 되고. 키는 크고, 까만 얼굴에……"

"어이쿠! 분명히 묵적이다!"

공수반이 놀라 소리치고는 운제 모형과 곱자를 내려놓고 계단을 뛰어내려갔다. 문지기가 놀라 얼른 공수반 앞으로 달려가서 문을 열었다. 묵자와 공수반이 마당에서 만났다.

"역시 선생이시군요." 공수반이 기쁜 목소리로 말하며 묵자를 대청으로 들게 했다. "그간 별고 없으시지요? 여전히 바쁘시고요?"

"그렇소. 늘 그렇지요……"

"그런데 선생님이 이렇게 먼길을 오시다니, 무슨 가르침을 주실 게 있으신지요?"

"북방에 나를 모욕하는 사람이 있소." 묵자가 차분하게 말했다. "당신이 그 사람을 죽여주었으면 해서……"

공수반은 기분이 상했다.

"내가 당신한테 십 원을 주겠소!" 묵자가 덧붙여 말했다.

그 말에 집주인은 더이상 참지 못하고 화가 났다. 어두워진 얼굴로 쌀쌀하게 대답했다.

“거지 같았습니다.”

"나는 의가 아니면 살인하지 않습니다."

"그거 잘됐구려!" 묵자가 감동하여 몸을 일으켜서 절을 두 번 하고 다시 차분하게 말했다. "그런데 말씀드릴 게 있소. 내가 북방에서 듣자하니, 당신이 운제를 만들어 송나라를 치려 한다고 하더이다. 송나라가 무슨 잘못이 있소? 초나라는 땅은 남아돌고 백성이 부족하오. 부족한 것을 죽여서 남아도는 것을 얻는 행동은 지혜롭다 할 수 없소. 송나라가 잘못이 없는데 공격하는 것은 어진 일이라 할 수 없소. 알면서도 간하지 않는 것은 충성스럽다 할 수 없소. 간하였지만 이루지 못하는 것은 굳세다고 할 수 없소. 의가 아니면 소수는 죽이지 않는다면서 다수는 죽이는 것은 이치에 맞는다 할 수 없소. 선생은 어떻게 생각하시오?"

"그건……" 공수반이 생각에 잠겼다. "선생 말이 맞습니다."

"그럼, 그만두면 안 되겠소?"

"그건 안 됩니다." 공수반이 낙담하듯이 말했다. "내가 벌써 왕에게 이야기했습니다."

"그럼, 나를 데리고 왕을 만나러 가면 되겠구려."

"좋습니다. 하지만 때가 늦었으니 밥이나 들고 가시지요."

하지만 묵자는 아랑곳 않고 일어나고 싶어 몸을 곧추세웠다. 그는 본래부터 잘 앉아 있지 않았다. 공수반도 그의 뜻을 꺾기 어렵다는 것을 알고 바로 왕을 만나러 가자고 했다. 그러고는 자신의 방으로 가서 옷과 신발을 가져와 간곡하게 말했다.

"그런데 선생님, 이걸로 갈아입으시죠. 여기는 우리 고향과 달라서 뭐든 사치스러운 걸 좋아합니다. 아무래도 갈아입으시는 게 적절할 듯합니다……"

"그러죠, 그래요." 묵자도 간곡하게 말했다. "나도 사실 누더기 옷 입는 걸 좋아하진 않소…… 다만 참으로 갈아입을 시간이 없었기에……"

4

초나라 왕은 묵적이 북쪽 지방의 성현이란 걸 이미 알았기에 공수반이 그를 소개하자 바로 접견했다. 따로 애쓸 필요가 없었다.

묵자가 갈아입은 옷이 너무 짧아서 다리가 긴 백로 같았다. 묵자가 공수반과 어전으로 걸어가 초왕에게 예를 표하고 침착하게 입을 열었다.

"지금 누군가 고급 마차를 마다하고 이웃의 고물 마차를 훔치려고 합니다. 수놓은 비단을 마다하고 이웃의 짧은 털저고리를 훔치려고 합니다. 쌀과 고기를 마다하고 이웃의 겨로 지은 밥을 훔치려고 합니다. 이게 누구일까요?"

"분명 도벽이 있는 것이지." 초왕이 직설적으로 말했다.

"초의 땅은," 묵자가 말했다. "사방 오천 리이나 송은 겨우 오백 리입니다. 고급 마차와 고물 마차의 꼴이지요. 초나라의 운몽*에는 물소와 코뿔소, 고라니와 사슴이 가득하고 장강과 한수**에는 물고기와 크고 작은 자라, 악어가 많습니다. 어디에도 견줄 바가 아닙니다. 하지만 송나라는 꿩이나 토끼, 붕어조차 없습니다. 이게 바로 쌀과 고기와 겨로 지은 밥과 같습니다. 초나라에는 소나무, 가래나무, 녹나무, 예장나무가 있지만 송나라에는 큰 나무가 없습니다. 수놓은 비단과 짧은 털저고리의 꼴입니다. 신이 보건대 폐하께서 송을 공격하는 일이 이와 같다고 생각합니다."

"분명 그러하구려!" 초왕이 고개를 끄덕이며 말했다. "하지만 공수반이 내게 운제를 만들어주었으니 공격할 수밖에 없소."

"하지만 성패는 알 수 없지 않습니까." 묵자가 말했다. "나뭇조각만 있으면 지금이라도 시험해볼 수 있습니다."

신기한 것을 좋아하는 초왕은 아주 기뻐하며 가까이에 있는 신하더러 얼른 나뭇조각을 가져오라고 했다. 묵자는 자신의 가죽 허리띠를 풀어서 공수반을 향해 활 모양으로 굽혀 내려놓았

---

* 초나라의 큰 연못 일곱 개 중 하나.

** 장강은 중국 대륙을 가로지르는 큰 강으로 양자강이라고도 하며, 한수는 장강으로 흘러들어가는 큰 지류이다.

다. 성이라고 가정한 것이다. 수십 개의 나뭇조각을 두 무더기로 나누어 한쪽은 남기고 한쪽은 공수반에게 주었다. 공격과 수비의 도구인 셈이었다.

묵자와 공수반이 각각 나뭇조각을 들고서 장기를 두듯이 싸우기 시작했다. 공격하는 나뭇조각이 전진하면 수비하는 쪽이 막고, 이쪽이 후퇴하면 저쪽이 다가왔다. 하지만 초왕과 근신들은 전혀 이해하지 못했다.

그렇게 일진일퇴만도 모두 아홉 번이었다. 공수가 각각 아홉 가지 방법을 쓴 것 같았다. 그런 뒤 공수반이 손을 멈추었다. 묵자가 가죽 허리띠의 활 모양을 자기 쪽으로 향하게 바꾸었다. 이번에는 묵자가 공격하는 모양이었다. 역시 일진일퇴로 버티었다. 하지만 세번째가 되자 묵자의 나뭇조각이 가죽 허리띠의 활 모양 선 안으로 들어갔다.

초왕과 근신들은 여전히 알 수가 없었지만 먼저 나뭇조각을 놓고 굳어진 공수반의 표정을 보고 그가 공격과 수비 모두 실패했음을 알았다.

초왕도 약간 얼굴이 굳어지는 듯했다.

"당신을 어떻게 이기는지 나는 알고 있습니다." 잠시 멈춰 있던 공수반이 멋쩍은 듯이 말했다. "하지만 말하지 않겠습니다."

"나도 당신이 어떻게 나를 이길 수 있는지 알고 있소." 묵자가 침착하게 말했다. "하지만 말하지 않겠소."

"신들은 지금 무슨 소리를 하고 있소?" 초왕이 궁금하다는 듯이 물었다.

"공수 선생이 생각하는 것은," 묵자가 몸을 돌리며 대답했다. "그저 저를 죽이려는 것입니다. 저를 죽이면 지킬 사람이 없는 송나라를 공격할 수 있다고 여기는 것입니다. 하지만 저의 학생 금활리와 삼백 명이 내 방어 기계를 가지고 송나라 성에서 초나라 적들을 기다리고 있습니다. 나를 죽이더라도 공격은 못할 것입니다!"

"정말 훌륭한 방법이오!" 초왕이 감동하여 말했다. "그럼 우리도 송나라를 공격하지 않겠소."

5

송나라를 공격하려는 것을 설득해 막은 묵자는 곧바로 노나라로 돌아가고 싶었지만, 공수반에게 빌린 옷을 돌려주어야 했기에 하는 수 없이 그의 집으로 다시 갔다. 때는 이미 오후였고 주인과 객 모두 시장기를 느낄 때여서 주인은 자연스럽게 점심을 들고 가거나, 이미 벌써 저녁때가 되었으니 하루 묵어가라고 묵

“그저 저를 죽이려는 것입니다. 저를 죽이면 지킬 사람이 없는 송나라를 공격할 수 있다고 여기는 것입니다.”

자에게 권했다.

"아무래도 오늘 가봐야겠소." 묵자가 말했다. "내년에 다시 올 때 내 책을 가져와 초왕께 보여드리겠소."

"또 의를 행하는 법을 얘기하려는 것 아닙니까?" 공수반이 말했다. "몸을 수고롭게 하고 마음을 고생시키며, 위기에 처한 다급한 사람들을 구하는 것은, 천한 사람들의 일이고 대인들은 취하지 않는 바입니다. 그는 군왕입니다. 고향 형씨!"

"그렇지 않소. 비단과 삼베, 쌀과 곡식은 다 천한 사람들이 만든 것이나 대인들이 필요로 하오. 하물며 의를 행하는 것은 더 말할 필요가 있겠소?"

"그도 그렇습니다." 공수반이 유쾌하게 말했다. "선생을 만나기 전에는 송을 취하려고 했으나, 선생을 만나고 나서는 송나라를 거저 준다고 해도 의가 아니라면 받지 않을 것입니다……"

"그럼 내가 정말로 송나라를 당신에게 주겠소." 묵자도 유쾌하게 말했다. "당신이 오직 의만 행한다면 나는 당신에게 천하도 주겠소!"

주인과 객이 담소를 나누는 사이 오찬이 차려졌다. 생선도 있고, 고기도 있고, 술도 있었다. 묵자는 술을 마시지 않고 생선도 먹지 않고 고기만 조금 먹었다. 공수반 혼자 술을 마시다가 손님이 잘 먹지 않는 게 마음에 걸려, 하는 수 없이 고추라도 들라고 권했다.

"들어보시지요." 공수반이 고추장과 큰 떡을 가리키며 간곡히 말했다. "맛 좀 보시죠. 이것도 나쁘지 않습니다. 파가 우리 고향 것만큼 실하지는 않지만……"

공수반은 술을 몇 잔 마신 뒤 더욱 유쾌해졌다.

"주전舟戰을 할 때 내겐 구거가 있었는데, 선생의 그 의義에도 구거가 있습니까?" 공수반이 물었다.

"내 의에 있는 구거가 당신 주전의 구거보다 낫소." 묵자가 단호히 대답했다. "나는 사랑으로 당기고, 공손함으로 밀어내오. 사랑의 당김이 없으면 서로 친함이 없고, 공손함의 밀어냄이 없으면 능글능글해지는 것이오. 서로 친함이 없이 능글맞게 되면 금세 헤어지지요. 그래서 서로 사랑하고 서로 공손한 것은 서로를 이롭게 하오. 지금 당신은 구鉤로 다른 사람을 당기고, 다른 사람들도 구로 당신을 당기며, 거拒로 다른 사람을 밀어내고, 다른 사람들도 거로 당신을 밀어내고 있소. 서로 당기고 서로 밀어내는 것은 서로에게 해를 입히는 것이오. 그래서 내 의에 있는 구거는 당신 주전의 구거보다 낫소."

"하지만, 이보시오 고향 형씨, 당신이 의를 행하는 바람에 내 밥그릇은 거의 깨져버렸습니다!" 꼼짝 못하는 상황에 내몰린 공수반이 말을 바꾸어 말했다. 술기운이 오른 듯했다. 사실 그는 술을 잘 못했다.

"하지만 송나라의 밥그릇을 죄다 깨는 것보다 낫소."

"하지만 난 이제 노리개나 만들어야겠지요. 형씨, 기다려보세요, 내 노리개를 하나 보여드리겠습니다."

공수반이 그렇게 말하면서 훌쩍 일어나 뒷방으로 뛰어갔다. 상자를 뒤지는 듯했다. 얼마 지나지 않아 다시 나왔는데, 손에 나무와 대나무로 만든 까치가 들려 있었다. 그것들을 묵자에게 건네주며 말했다.

"한번 켜면 사흘을 날 수 있어요. 아주 정교하다고 할 수 있죠."

"하지만 목수가 수레바퀴를 만드는 것에는 견줄 수 없소." 묵자가 슬쩍 보고는 자리에 놓았다. "목수가 세 치 나무를 깎아 바퀴를 만들면 오십 석을 실을 수 있소. 사람들에게 이롭고, 정교하기도 하고, 좋기도 하지요. 사람들에게 이롭지 못한 것은 보잘것없기도 하고, 나쁘기도 하오."

"아, 내가 잊었습니다." 공수반이 다시 꼼짝 못하는 상황에 내몰리자, 그제야 정신이 들었다. "선생의 말이 바로 이 뜻이라는 것을 진즉 알았어야 하는데."

"그래서 당신이 오직 의를 행한다면," 묵자가 공수반의 눈을 쳐다보며 진지하게 말했다. "정교할 뿐만 아니라, 천하도 당신의 것이 될 것이오. 오늘 한나절 정말 폐를 끼쳤소이다. 우리 내년에 다시 봅시다."

묵자가 말하며 작은 보따리를 집어들고 주인에게 작별인사를 했다. 공수반은 그를 잡을 수 없다는 것을 알고 보낼 수밖에 없었다. 대문까지 배웅하고 나서 방으로 돌아와 잠시 생각에 잠기더니 운제 모형과 나무 까치를 뒷방 상자에 쑤셔넣었다.

돌아오는 길에 묵자의 발걸음이 느려졌다. 첫째는 힘이 달렸고, 둘째는 발이 아팠고, 셋째는 식량이 다 떨어져서 배가 고팠고, 넷째는 일이 잘 해결되어 갈 때처럼 바쁘지가 않아서였다. 하지만 갈 때보다 더 재수가 없었다. 송나라 땅에 들어서자마자 두 번 수색을 당했고, 도성에 거의 이르러서는 또 성금 모금을 하는 구국단을 만나서 헌 보따리를 기부했다. 성 남문 밖에 이르러서는 큰비를 만나 성문 아래서 비를 피하려고 했지만 창을 든 두 순찰병에게 쫓겨나서 온몸이 흠뻑 젖었고, 이 때문에 열흘 남짓 코가 막혔다.

1934년 8월 씀.

죽은 자 살아나다

起死

(넓은 황무지. 곳곳에 언덕이 있는데 가장 높은 것이 불과 예닐곱 자다. 나무는 없다. 도처에 어지럽게 잡초뿐. 풀 사이로 사람과 말이 낸 길이 있다. 길에서 멀지 않은 곳에 웅덩이가 있다. 멀리 집이 보인다.)

장자莊子 — (검고 마른 얼굴, 희끗한 구레나룻, 도관道冠을 쓰고, 무명 두루마기에 말채찍을 들고 등장) 집을 나서고 나서 물을 마시지 못했더니 갑자기 목이 마르네. 갈증이 장난이 아니군. 나비라면 정말 좋을 텐데. 하지만 여긴 꽃도 없으니…… 아아! 호수가 여기 있구나. 운이 좋구나, 운이 좋아! (웅덩이로 달려가 부평초를 걷어내고 손으로 물을 떠서 열 모금 남짓 마신다.) 음, 좋다. 슬슬 떠나볼까. (걸으며 사방을 두리번거린다.) 어! 해골이다. 어떻게 된 거지? (채찍으로 잡초 사이를 헤치고 두드려보며 말한다.)

그대, 생을 탐하고 죽음을 두려워하여 도리에 역행하는 짓을 하다가 이렇게 되었나? (톡톡) 아니면 근거지를 잃고 칼을 맞아 이렇게 되었나? (톡톡) 아니면 엉망진창으로 소란을 피우다가 부모 처자식한테 미안한 짓을 하고 이렇게 되었나? (톡톡) 그대, 자살은 약자의 행위라는 것을 모르는가? (톡톡톡!) 아니면 먹을 밥도 없고 입을 옷도 없어 이렇게 되었는가? (톡톡) 아니면 늙어서 죽을 때가 되어서 이렇게 되었는가? (톡톡) 아니면…… 아, 어리석은 건 오히려 나로다, 극을 하고 있는 것 같구나. 어디에 대답이 있을 것인가. 다행히 초나라에서 이제 멀지 않아 서두를 필요 없으니, 사명대신*에게 저이의 모습을 되살리고 저이의 살을 새로 돋게 해서, 그하고 얘기를 나누고, 그를 다시 고향으로 돌려보내 혈육과 만나게 해주자.

(채찍을 놓고 동쪽을 바라보며 하늘을 향해 두 손을 모으고 목청 높여 외친다.)

지성으로 비나이다, 지존하신 사명대신이여!

(음산한 바람이 불고, 산발한 귀신, 대머리 귀신, 마른 귀신, 살찐 귀신, 남자 귀신, 여자 귀신, 늙은 귀신, 어린 귀신 등 온갖 귀신

---

* 생사를 주관하는 신.

음산한 바람이 불고, 산발한 귀신, 대머리 귀신, 마른 귀신, 살찐 귀신, 남자 귀신, 여자 귀신, 늙은 귀신, 어린 귀신 등 온갖 귀신들이 나타난다.

들이 나타난다.)

귀신 — 장주*야, 이런 멍청이! 수염도 희끗해졌는데 아직도 생각이 막혀 있구나. 죽으면 사시사철도 없고 주인공도 없다. 천지가 봄과 가을뿐이어서 황제 노릇을 해도 이렇게 편할 수가 없다. 쓸데없는 참견하지 말고 어서 초나라로 가서 네 일이나 보거라……

장자 — 너희들이야말로 멍청이 귀신들, 죽어서도 생각이 막혀 있네. 삶이 죽음이고 죽음이 곧 삶이라는 걸 알아야 해. 노예도 주인공이지. 나는 생명의 근원을 통달한 사람이어서 너희 같은 애송이 귀신들 수작은 안 통한다고.

귀신 — 그럼, 한번 네 멋대로 망신을 당해보거라……

장자 — 초왕의 성지**가 내 머리에 있는데 너희 같은 애송이 귀신들의 소란을 두려워할 것 같으냐!

(또다시 하늘을 향해 두 손을 모으고 목청을 높여 외친다.)

지성으로 비나이다, 지존하신 사명대신이여!

천지현황天地玄黃, 우주홍황宇宙洪荒. 일월영측日月盈昃, 진숙열장辰宿列張.***

---

* 장자의 이름.

** 임금의 뜻.

*** 『천자문』의 첫 네 구절.

조전손리趙錢孫李, 주오정왕周吳鄭王. 풍진저위馮秦褚衛, 강심한양姜沈韓楊.*

태상노군급급여율령太上老君急急如律令! 칙敕! 칙! 칙!**

(맑은 바람이 불더니 무명 두루마기에 검고 마른 얼굴, 희끗한 구레나룻의 사명대신이 도관을 쓰고 손에 채찍을 들고 어슴푸레한 동쪽에서 나타난다. 귀신들이 전부 숨는다.)

사명 — 장주야, 나를 찾았느냐. 또 무슨 장난을 치려는 게냐? 물을 충분히 마시니 분수를 지키고 있기가 싫어진 게냐?

장자 — 신은 초왕을 보러 가는 길입니다. 가는 길에 이곳을 지나다가 해골을 보았는데 아직 머리 모양이 남아 있습니다. 마땅히 부모 처자식이 있을 것인데 여기서 죽었으니 참으로 슬프고 불쌍합니다. 그래서 그가 집에 돌아갈 수 있도록 그의 모습을 되살리고 살을 새로 돋게 하여 다시 살려주시길 대신께 간청드립니다.

사명 — 하하! 그건 네 진심에서 하는 말이 아니다. 너는 아직 배가 고프지 않아서 쓸데없는 일이나 하려고 찾는 게지. 진지한

* 중국의 성씨를 모아놓은 북송 시대 초기의 저술 『백가성』의 첫 네 구절.

** '태상노군'은 노자를 높여 이르는 말이며, '급급여율령'은 사정이 너무 급하니 어서 처리해달라는 의미이다. '칙'은 도교의 도사들이 귀신을 쫓을 때 외치는 주문이다.

장주야, 나를 찾았느냐. 또 무슨 장난을 치려는 게냐?

것 같지만 진지하지 않고 장난 같지만 장난도 아니다. 그냥 네 길이나 가거라. 나 방해하지 말고. '생사는 정해져 있으니', 나도 멋대로 하지 못한다는 점을 알거라.

장자 — 대신께서 틀리셨습니다. 사실 생과 사가 어디 있단 말입니까? 저 장주는 꿈에 나비가 되었습니다. 훨훨 날아다니는 나비였는데 꿈에서 깨어보니 장주였습니다. 몹시 바쁜 장주말입니다. 도대체 장주가 나비로 변한 건지, 나비가 장주로 변한 건지, 아직까지도 모르겠습니다. 이렇게 보면 이 해골이 지금 살아 있는지, 도리어 살아난 이후가 죽는 것인지 어찌 알겠습니까? 대신께서 그냥 대충 한번 융통성을 발휘해주시지요. 사람은 둥글둥글해야 하고 신도 그리 꽉 막힐 필요가 없습니다.

사명 — (미소를 지으며) 너는 여전히 입만 살고 할 줄 아는 건 없구나. 사람이지 신은 아니니…… 그럼, 좋다, 한번 해주마.

(사명이 채찍으로 풀숲을 가리킨다. 동시에 사라진다. 가리키던 곳에서 불빛이 나고 한 사내가 벌떡 일어선다.)

사내 — (서른쯤 되고, 체격이 크고 얼굴이 자줏빛이라 촌사람 같다. 온몸에 실오라기 하나 걸치지 않고 벌거벗었다. 주먹으로 눈을 부빈 뒤 정신을 차려 장자를 본다.) 쾌이냐?

장자 — 쾌라고? (웃으며 가까이 다가가 사내를 유심히 쳐다본다.) 당신 어떻게 된 거요?

가리키던 곳에서 불빛이 나고 한 사내가 벌떡 일어선다.

사내 — 아아, 잠이 들었었소. 당신은 어떻게 된 거요? (양쪽을 보며 소리친다.) 어이쿠, 내 보따리하고 우산은? (자기 몸을 본다.) 어이쿠, 내 옷? (쪼그려앉는다.)

장자 — 진정하시오. 당황하지 말고. 당신은 막 살아났소. 당신 물건은 진즉에 썩어 없어진 것 같소. 아님 누가 주워 갔거나.

사내 — 무슨 말을 하는 거요?

장자 — 나도 당신한테 묻고 싶소. 성은 뭐고 이름은 무엇이며, 어디 사람이오?

사내 — 난 양가장 사는 양대요. 학명은 필공이오.

장자 — 그럼, 여기 뭐하러 온 거요?

사내 — 친척을 찾아가는데, 여기서 그만 깜빡 잠이 들어버렸소. (다급하게) 내 옷은요? 내 보따리와 우산은요?

장자 — 진정하시오. 당황하지 말고…… 내가 묻겠소. 당신 언제적 사람이오?

사내 — (놀라며) 뭐라……고요? '언제적 사람'이…… 뭐요? 내 옷은?

장자 — 츳츳, 당신 죽었어도 정말 멍청하구먼. 자기 옷만 찾고, 정말 철저한 이기주의자일세. 당신은 '사람'에 대해 아직 깨치지 못했는데 무슨 옷 타령이오? 그러니 내가 먼저 묻겠는데, 당신은 언제적 사람이오? 허허, 못 알아듣는구먼…… 그럼, (잠시 생각을 한 뒤) 묻겠소. 당신이 살아 있을 때 마을에 무슨 일이 일어났소?

사내 — 일이요? 있지요. 어제, 아이 댁과 칠 할머니가 싸웠지요.

장자 — 더 큰일!

사내 — 더 큰일이요? 그럼…… 양소삼이 효자로 상을 받았어요……

장자 — 효자로 상을 받았다, 분명 큰 사건이오…… 그래도 고증하기가 어렵소…… (잠시 생각을 한 뒤) 더 큰 무슨 사건 없소? 사람들이 소동이 난 정도 말이오.

사내 — 소동이 난 것이라…… (생각을 하고는) 아아, 있어요, 있어. 서너 달 전이에요. 아이들 혼을 녹대* 밑에 까는 데 쓴다고 해서 혼비백산해서들 부적주머니를 만들어 아이들에게 채워주고……

장자 — (놀라며) 녹대? 언제적 녹대요?

사내 — 서너 달 전에 공사를 한 녹대요.

장자 — 그럼, 당신은 주왕 때 죽은 거요? 그거 참 대단하오.

* 주왕 시대에 큰 건축물의 받침으로 아이의 영혼을 꺼내 깔아야 완공할 수 있다고 생각했다.

당신은 죽은 지 오백 년이나 되었소.

사내 — (조금 화를 내며) 선생, 처음 만난 사이에 농담은 그만 두시오. 난 그저 여기서 잠깐 잠을 잤을 뿐이오. 죽은 지 무슨 오백 년이라니. 나는 중요한 일이 있어서 친척을 찾아가는 길이오. 어서 내 옷하고 보따리, 우산을 돌려주시오. 당신하고 농담할 시간 없소.

장자 — 가만, 가만, 내가 좀 연구를 해봅시다. 어떻게 잠이 들었지요?

사내 — 어떻게 잠이 들었냐고요? (생각하며) 내가 아침에 여기 왔는데 머리 위에서 쿵 소리가 나는가 싶다가 눈앞이 깜깜해지고 잠이 들었어요.

장자 — 아팠소?

사내 — 아프지 않았던 것 같소.

장자 — 음…… (잠시 생각을 한 뒤) 음……알았어요. 분명 당신은 상나라 주왕 때에 살았고 혼자 이곳에 왔는데 강도가 길을 막고 뒤에서 몽둥이로 때려 죽인 겁니다. 지금 여기는 오백 년이나 지난 주왕조때인데 어디서 옷을 찾겠소. 알아들었소?

사내 — (눈을 크게 뜨고 장자를 보면서) 조금도 모르겠소. 선생, 그렇게 법석을 떨지 말고, 내 옷하고 보따리, 우산을 돌려주시오. 중요한 일이 있어서 친척을 찾아가는 길이니 당신하고 농담할 시간 없소!

장자 — 정말 이치에 어두운 사람이구만……

사내 — 누가 이치에 어두워요? 내 물건이 안 보이고 현장에서 당신을 잡았으니 당신한테 달라고 하지, 누구한테 달라고 하겠소? (일어선다)

장자 — (다급하게) 내 얘기를 들으시오. 당신은 원래 해골이었소. 내가 불쌍히 여겨 사명대신에게 당신을 도로 살려내라고 했지. 생각해보시오. 당신이 죽은 지 여러 해가 지났는데 어떻게 옷이 있겠소! 지금 내가 당신한테 사례 같은 것을 원하는 건 아니고, 앉아서 나하고 주왕 때 이야기나……

사내 — 헛소리! 그 말은 세 살짜리 어린애도 안 믿겠소. 난 서른세 살이오! (걸어가며) 당신……

장자 — 나한테 정말 그런 능력이 있소. 칠원의 장주를 당연히 알겠지요?

사내 — 난 모르오. 당신이 그런 능력이 있다고 해도 그게 무슨 대수요? 나를 벌거벗겨놓고는 살려내보아야 무슨 소용이오? 나더러 어떻게 친척을 찾아가라는 거요? 보따리도 없어졌고…… (금방 울 것 같은 얼굴로 달려와 장자의 소매를 틀어쥐며) 난 당신 헛소리를 못 믿겠소. 여기 당신밖에 없으니 당연히 당신한테 달라는 것이오! 당신을 보갑장*에게 넘겨야겠소.

장자 — 가만, 가만, 내 옷이 낡아서 약하니, 잡아당기지 마시오. 내 말을 좀 들으시오. 우선 당신은 옷 생각만 하지 말고. 옷은 있을 수도, 없을 수도 있소. 옷이 있었던 게 맞을 수도, 옷이 없었던 게 맞을 수도 있소. 새에게는 깃이 있고 짐승에게는 털이 있소. 하지만 오이나 가지는 벌거숭이오. 이걸 가리켜 '저것도 하나의 옳고 그름이고, 이것도 하나의 옳고 그름이다'라고 하는 것이오. 당신이 물론 옷이 없는 것을 맞다고 말할 수는 없겠지만 그렇다고 어떻게 옷이 있는 것이 맞다고 말할 수 있겠소?

사내 — (화를 내며) 이런 개새끼! 내 물건 안 내놔, 죽여버릴 거야! (한 손은 주먹을 쥐고 한 손은 장자를 움켜쥔다.)

장자 — (난처해져서, 막으며) 감히 힘을 쓰다니! 손 놓으시오! 그러지 않으면 사명대신에게 당신을 다시 죽게 하라고 청할 것이오.

사내 — (비웃으며 물러선다.) 좋아, 나를 죽게 해보시지. 아니면 내 옷하고 우산, 보따리를 내놓아야 할 거요. 안에 동전이 쉰두 개 들어 있고, 하얀 설탕 한근 반, 대추 두 근……

장자 — (진지하게) 당신 후회 안 하겠소?

---

* 한 마을 안의 주민들이 법을 위반했을 때 함께 책임지고 공동으로 처벌받는 제도인 보갑제(保甲制)에서 보의 장. 중화민국의 국민당 정부도 주민 통제를 위해 보갑제를 시행했다.

사내 — 네놈이나 후회하겠지!

장자 — (단호하게) 그럼 좋소. 이렇게 멍청한 사람이라니, 원래대로 되돌려주겠소. (얼굴을 동쪽으로 돌리고 하늘을 향해 두 손을 모으고 목청 높여 외친다.)

지성으로 비나이다! 지존하신 사명대신이여!

천지현황, 우주홍황. 일월영측, 진숙열장.

조전손리, 주오정왕. 풍진저위, 강심한양.

태상노군급급여율령! 칙! 칙! 칙!

(조금도 반응이 없다. 조금 지나서)

천지현황!

태상노군! 칙! 칙! 칙! ……칙!

(조금도 반응이 없다. 조금 지나서)

(장주가 주위를 돌아보며 천천히 손을 내린다)

사내 — 죽었소?

장자 — (기가 죽어) 왜 이러지, 이번에는 듣지를 않네……

사내 — (앞으로 달려들며) 그럼, 더이상 헛소리 말고. 내 옷이나 물어내!

장자 — (뒤로 물러서며) 감히 손을 쓰다니? 이 철학의 이치도 모르는 야만인 같으니라고!

사내 — (장자를 움켜잡으며) 너 이 도둑새끼! 이 강도 모사꾼아! 우선 네 두루마기를 벗기고 내 물건 값으로 네 말을 가져가야겠다……

(장자가 버티면서 얼른 두루마기 소매에서 호각을 꺼내 거세게 세 번을 분다. 사내가 놀라 동작을 멈춘다. 얼마 안 있어 멀리서 순사가 달려온다.)

순사 — (뛰어오면서 소리친다) 저놈 잡아라! 놓치지 마라!

(순사가 가까이 달려왔다. 노나라 거한*으로 키가 크고 제복에 제모를 쓰고 손에는 곤봉을 들었으며, 얼굴은 붉고 수염이 없다) 잡아라! 이놈!

사내 — (다시 장자를 꼭 움켜잡으며) 잡아라! 이놈!

(순사가 달려와, 장자의 옷을 붙잡고 한 손으로는 곤봉을 치켜든다. 사내가 손을 놓고 몸을 움츠리며 양손으로 아랫배를 가린다.)

장자 — (곤봉을 떠받치며 고개를 틀고서) 이게 뭐하는 거요?

순사 — 이게 뭐하는 거냐니? 허! 네놈 스스로 모른단 말이야?

장자 — (화를 내며) 내가 불렀는데, 왜 나를 잡는 거요?

순사 — 뭐라고?

장자 — 내가 호각을 불어서……

* 예부터 노나라 지방의 남자들이 호탕하고 체구가 커서, '호한(好漢)', '대한(大漢)' 등으로 불렸다.

너 이 도둑새끼! 이 강도 모사꾼아!

순사 — 남의 옷을 빼앗아놓고는 직접 호각까지 불었다니, 이런 미친놈!

장자 — 내가 길을 가다 죽은 이 사람을 발견했소. 내가 구해주었더니 도리어 나를 이렇게 못살게 구는 거요. 내가 자기 물건을 가져갔다고 하면서. 나 생긴 걸 보시오. 남의 물건을 빼앗을 사람 같소?

순사 — (곤봉을 거두며) '사람을 알아도 얼굴만 알지 마음속은 모른다'고 했지. 어찌 알겠어. 순찰국으로 가자.

장자 — 그건 안 되오. 나는 갈 길이 바쁘오. 초나라 왕을 만나야 하오.

순사 — (놀라면서, 손을 풀고, 장자의 얼굴을 자세히 들여다본다.) 그런데, 당신께서는 칠……

장자 — (기뻐하면서) 맞소! 내가 바로 칠원 관리 장주요. 어찌 알았소?

순사 — 우리 국장님이 요 며칠 동안 자주 선생 얘기를 했습니다. 선생께서 초나라에 돈 벌러 가는데 아마 여길 지날 거라고요. 우리 국장님도 은둔 선비인데 그냥 관직을 겸하고 계시지요. 선생의 문장을 아주 애독하고, 『제물론』도 읽고요. 무슨 '사는 것이 죽는 것이요, 죽는 것이 사는 것이다. 가한 것이 불가한 것이요, 불가한 것이 가한 것이니라' 하는 것은 정말 힘 있는 상류의 문장입니다.* 정말 좋습니다! 우리 순찰국으로 가셔서 좀 쉬시지요.

(사내가 깜짝 놀라 풀숲으로 숨어들어가 웅크린다)

장자 — 오늘은 벌써 늦어서 길을 서둘러야 하오. 지체할 수가 없소. 돌아올 때 국장을 예방하지요.

(장자가 말하면서 떠난다. 말에 올라 채찍질을 하려는데, 사내가 돌연 풀숲에서 튀어나오더니 달려가 말의 재갈을 잡는다. 순사도 쫓아가서 사내의 팔을 잡는다.)

장자 — 왜 또 귀찮게 하는 거요?

사내 — 당신이 가면, 나는 아무것도 없는데, 어떡하라고요? (순사를 보며) 보세요, 순사 선생……

순사 — (귀 뒤쪽을 긁적이며) 이거 상황이 정말 난감하네…… 그런데 선생님…… 제가 보기에는 (장자를 보며) 선생께서 그래도 조금 부자니까 저 사람한테 몸을 가릴 의복 좀 내려주시지요……

장자 — 그건 가능하오. 옷이란 원래 내 것이 아닌 법이오. 하

---

* 린위탕이 1935년에 쓴 「담뱃가루」란 글에서 "나는 최상류의 글과 최하류의 글을 읽기를 좋아한다"면서 "최상류의 글이란 석가, 노자, 공자, 맹자, 장자의 글 같은 것이고, 최하류의 글이란 속요, 동요, 민가, 맹인의 노래 같은 것이다"라고 한 것을 풍자한 것이다.

지만 이번에는 가서 초나라 왕을 만나야 해서 두루마기를 입지 않으면 안 되오. 그렇다고 적삼을 벗으면 두루마기만 입게 되어 그것도 안 되고……

순사 — 맞네요. 정말 하나도 없으면 안되겠네요. (사내를 향해) 손을 놓거라!

사내 — 나도 친척을 만나러 가야 해서……

순사 — 헛소리! 더 귀찮게 하면 순찰국으로 끌고 갈 거야! (곤봉을 들며) 꺼져!

(사내가 뒤로 도망치고, 순사가 풀숲까지 쫓는다)

장자 — 또 봅시다.

순사 — 또 뵙겠습니다. 안녕히 가십시오!

(장자가 말에 채찍을 휘두르며 떠나간다. 순사가 뒷짐을 지고 점점 멀어져가는 장자를 보고 있다. 장자가 먼지 속으로 사라지고 나서야 순사는 천천히 몸을 돌려 왔던 길로 걸어간다.)

(사내가 갑자기 풀숲에서 뛰어나와 순사의 옷자락을 붙잡는다.)

순사 — 뭐하는 거야?

사내 — 나는 어떡해요?

순사 — 그걸 내가 어떻게 알아.

사내 — 친척을 찾아가야 하는데……

순사 — 찾아가면 되지.

사내 — 난 옷이 없는데요.

순사 — 옷이 없으면 친척을 못 찾아가나?

사내 — 당신이 저 사람을 풀어주었잖아요. 지금 당신도 슬쩍 가려고 하니, 붙잡고 방법을 찾을 수밖에요. 당신 아니면 누구한테 물어요? 보세요, 나더러 어떻게 살아가라는 거예요!

순사 — 하지만 내가 말해두는데, 자살은 약자의 행위야!

사내 — 그럼, 방법 좀 생각해주세요!

순사 — (옷자락을 빼내며) 난 생각나는 방법이 없어!

사내 — (순사의 소매에 매달리며) 그럼 나를 순찰국으로 데리고 가주세요!

순사 — (소매를 빼며) 그게 어떻게 가능해. 발가벗고서 길거리를 어떻게 가! 손 놓으라고!

사내 — 그럼, 바지를 빌려줘요!

순사 — 나도 이 바지뿐인데 당신한테 빌려주면 나는 무슨 꼴이 되겠어. (힘껏 뿌리치며) 소란 피우지 말라고! 손 놔!

사내 — (순사의 목을 붙들며) 난 꼭 당신하고 같이 갈 거요!

순사 — (난처해서 다급하게) 안 돼!

사내 — 그럼 나도 당신을 못 보내!

순사 — 나더러 어떻게 하라는 거야?

사내 — 날 순찰국으로 데리고 가라고!

순사 — 거 정말…… 당신을 뭐하러 데리고 가? 말썽 부리지 말고, 손 놔! 안 그러면…… (힘을 다해 몸부림친다)

사내 — (더욱 꼭 틀어쥐며) 안 그러면, 나는 친척을 찾을 수도 없고 사람 노릇을 할 수도 없소. 대추 두 근하고 하얀 설탕 반 근…… 당신이 그를 놓아주었으니 당신과 기어이 결판을 지어야겠소……

순사 — (몸부림치며) 말썽 부리지 말고 손 놓으라고! 안 그러면…… 안 그러면…… (말하면서 호각을 꺼내 거세게 분다)

1935년 12월 씀.

옛이야기를 루쉰이 다시 쓴 이유

루쉰은 생전에 단편 소설집을 세 권 냈다. 『외침』과 『방황』 그리고 『옛이야기, 다시 쓰다』이다. 그런데 창작 초기인 1922년부터 죽기 일 년 전인 1935년까지 쓴 작품을 모아 루쉰이 숨을 거둔 해인 1936년에 출간한 『옛이야기, 다시 쓰다』는 앞 두 소설집과 다른 특징을 지니고 있다. 앞 두 소설집이 주로 어두운 현실을 묘사하고 해부한, 크게 보아 리얼리즘 성격을 지닌 작품인 데 비해 『옛이야기, 다시 쓰다』는 중국 신화와 전설, 역사 속 이야기와 영웅의 일화, 그리고 노자와 장자, 묵자 같은 중국 대표적인 사상가 이야기를 쓴 책이다. 그래서 평가도 나뉜다. 루쉰 사상과 문학의 개성이 가장 잘 드러난 최고작이라고 극찬하는가 하면, 소설 기준에 미달하는 작품이라고 비판하기도 한다.

사실 서구에서 기원한 보편적인 근대소설 문법을 기준으로 보자면 낮게 평가할 수도 있을 것이다. 물론 장편소설을 주로 부르는 말이지만, 소설을 영어에서는 노블Novel이라고 한다. 이전에 없던 새로운 것을 담은 게 소설이란 의미다. 그래서 소설에 대한 이런 생각을 가지고 이 책에 실린 소설을 접하는 독자라면 얼마간 당혹스러울 수 있다. 『옛이야기, 다시 쓰다』에 실린 소설은 소설집 제목에서 짐작할 수 있듯이 새로운 이야기가 아니라 중국에서 오랫동안 전해져온 옛이야기를 루쉰이 나름대로 해석하고 가공하여 다시 쓴 것이다. 그러기에 예전에 없던 새것이란 개념의 근대소설 개념과는 다른 의미를 지닌 소설이다. 루쉰 스스로는 『옛이야기, 다시 쓰다』를 역사, 신화, 전설에 대한 연의演義라고 정의하였다. 연의란 주로 역사를 이야기꾼이나 소설 저자 나름대로 해석하여 새로운 이야기를 만드는 것을 말한다. 연의에서는 정사와 일치하는지가 중요한 것이 아니라 정사를 비틀고 새롭게 해석하는 관점과 의미가 중요하다. 『삼국연의』가 삼국의 실제 역사 전개와 다르게 유비를 중심에 두고 이야기를 전개하는 것이 대표적이다. 사실, 긴 중국 문학사 경험에 비추어 보면 연의든 다른 형식이든 오랫동안 전해 내려오는 전설이나 일화, 심지어 불경 속 이야기 같은 것을 지금 이곳의 관점에서 다시 쓰는 일은 중국 문학사의 중요한 전통이다. 소설이나 연극에서 쉽게 발견할 수 있다. 루쉰이 그런 중국 문학사의 전통을 이어 창작한 소설이 『옛이야기, 다시 쓰다』이다. 『옛이야기, 다시 쓰다』를 읽는 재미가 바로 여기에 있다. 루쉰 소설 쓰기의 모티프가 된 원래 신화나 전설, 그리고 역대 사상가에 대한 역사적 평가를 루쉰의 시각과 비교하여 읽으면서 그 의미를 생각해보는 것이다. 예를 들어 「고사리를 따다」에서 다루는 백이 숙제 이야기처럼 루쉰은 우리가 그동안 지니고 있던 지조와 절개의 상징이라는 두 사람에 대한 고정된 이미지를 해체하고 위선적인 지식인이라는 새로운 이미지와 생각거리를 제공한다. 아울러 자오옌녠의 삽화는 소설의 핵심 부분을 잘 포착하여 제시하고 있어서 자칫 이해하기 어려울 수도 있는 내용을 쉽게 파악하는 데 도움을 주고 있다.

『옛이야기, 다시 쓰다』 소설집의 성격이 이러하기에 이 소설집에 실린 소설을 제대로 읽기 위해서는 각 소설이 다루고 있는 원래 옛이야기를 먼저 아는 게 작품을 읽는 데 도움이 된다. 그런 뒤 그 이야기를 루쉰이 어떻게 비틀고 재가공하였는지, 원래 이야기와 루쉰이 새로 쓴 이야기 사이에 형성된 간극이 지니는 의미는 무엇인지를 생각하는 독법이 필요하다. 신화나 전설, 역사적 일화나 사건 등은 오랜 시간 동안 전해오면서 불가피하게 특정한 시대의 세계관과 이데올로기 세례를 받게 된다. 그것은 고정된 해석을 낳기도 하고 해석의 신화로서 부정할 수 없는 권위를 누리기도 한다. 루쉰은 홍수를 다스린 치수 영웅 우나 자연 정복의 상징인 예, 그리고 지조와 절개의 상징인 백이와 숙제 등 신화와 전설, 역사에 등장하는 영웅들, 그리고 공자와 노자, 묵자 등 사상의 대가들을 다루면서 기존 고정된 해석을 깨고 자신만의 독특한 해석을 부여한다. 『옛이야기, 다시 쓰다』를 읽는 의미와 재미는 바로 이 지점에 있다.

「하늘을 수리하다」는 두 신화가 바탕이다. 하나는 인간을 창조했다는 신화 속 인물인 여와 이야기이고 다른 하나는 공공과 전욱이 싸운 이야기다. 여와 이야기는 이렇다. 천지가 개벽하였지만 사람이 없었다. 그때 여와가 흙으로 사람을 만들었다. 여와는 온 힘을 다해 열심히 일했는데 쉴 틈이 없었다. 그래서 등나무 줄기를 흙에 담갔다가 들어올려 사람을 만들었다. 부유하고 귀한 사람은 황토흙을 빚어 만들었고 가난하고 천박하고 평범한 사람은 줄로 만들었다. 그런가 하면 공공과 전욱 이야기는 둘이 임금 자리를 두고 싸우다가 공공이 화가 나서 부주산에 부딪혔고 그래서 하늘을 받치던 기둥이 부러지고 땅이 갈라졌다. 하늘은 서남쪽으로 기울어서 해, 달, 별이 그쪽으로 옮겨졌고 땅은 동남쪽이 비어서 물과 하천, 쓰레기가 그곳으로 모였다.

이 두 신화 속 이야기를 루쉰은 「하늘을 수리하다」란 소설에서 어떻게 다루고 있는가? 여와는 인간을 창조한 영웅이지만 루쉰 소설에서 여와는 인간을 창조하면서 어떤 신성한 목적이나 동기 없이 그저 무료하고 심심해서 인간을 만들었다. 아무런 생각 없이 자신의 생김새와 흡사하게 인간을 만든 것이다. 여와는 자신이 만든 것들이 옹알대는 것이 귀엽고 만족스러웠다. 그런데 이렇게 만들고 보니 재미있고 신기해서 계속 인간을 만들었고, 그러다가 힘이 들자 줄기를 흙 속에 넣었다가 당겨서 인간을 만들었다. 그런데 이렇게 만든 인간들은 바보 같고 역겨웠다. 여와가 예상치 못한 일이었다. 더구나 그가 만든 인간 중에는 서로 제왕이 되겠다고 싸우기까지 한다. 염제의 후손인 공공과 황제의 후손인 전욱의 싸움이다. 싸움에서 진 공공이 화가 나서 부주산을 건드려 하늘이 기울고 사람을 만드느라 피곤한 여와는 다시 혼신의 힘을 다해서 하늘을 수리한다. 그리고 죽는다.

소설에서 여와는 어떤 부름이나 명령, 신성한 동기 없이 인간을 창조했다. 원래 『회남자』에는 여와가 천제天帝의 명을 받아서 인간을 창조한 것으로 나오지만, 루쉰 소설에서 여와는 심심하고 그 일이 재미있고, 자신이 만든 것이 사랑스러워서 인간을 만들었다. 여와가 인간을 만든 데 그 어떤 신성한 동기나 목적도 없었기에 여와는 마찬가지로 그가 창조한 인간에게도 어떤 신성한 사명을 주지도 않았고, 창조주의 신성한 사명으로 피창조물인 인간을 속박하지도 않았다. 창조주의 속박 없이 인간은 스스로가 주재자가 되어 살면 되는 것이다. 물론 그렇게 창조한 인간 중에는 공공과 전욱처럼 싸워서, 하늘이 망가지는 일도 일어나곤 한다. 다행히 그때는 여와가 있어서 하늘을 보수하였다. 그리고 여와는 숨을 거두었다. 이제 여와는 없다. 여와 없는 세상에서 어리석은 인간 때문에 하늘이 망가지면 인간 스스로 하늘을, 세상을 보수하는 수밖에 없다.

소설에서 여와는 인간의 창조주이지만 어떤 보상도, 어떤 섬김도 바라지 않는다. 그저 자신이 심심해서, 즐거워서, 자신이 만든 인간의 모습이 귀엽고 사랑스러워서 한 일이기 때문이다. 이런 여와의 모습에는 루쉰이 당시에 생각하던 바람직한 영웅 이미지, 소망스러운 부모나 기성세대에 대한 기대가 서려 있다. 소설에서 여와의 운명은 비참하다. 너무도 음탕하고 비루하고 천박한 인간은 여와를 조롱하고 비웃는다. 나체인 여와를 두고 금수 같다고 하고, 예를 모르며 음탕하다고 비판한다. 여와는 인간을 창조한 영웅이지만 그녀의 운명은 이처럼 쓸쓸하다. 진시황이나 한 무제 같은 이들도 오직 신선이 살았던 신령스러운 산을 찾는 데만 혈안이 되어 있을 뿐이다.

「달로 달아나다」는 태양을 맞혀 떨어뜨릴 정도로 활을 잘 쏘는 전설 속 인물 예와 그의 아내 항아 이야기를 다시 쓴 것이다.

중국 고대에 갑자기 하늘에 태양이 열 개가 나타나 곡식 등이 다 타버렸다. 그러자 예가 활로 아홉 개 태양을 쏘아 떨어뜨렸다고 한다. 항아는 예가 서왕모에게서 받은 불사약을 훔쳐 먹고 달로 달아났다는 전설 속 인물이다. 예는 태양도 떨어뜨리는 활 쏘는 솜씨를 지닌 영웅이지만 루쉰 소설 속 예는 더이상 영웅이 아니다. 사냥에서 겨우 까마귀나 잡을 정도로 그의 활 솜씨는 엉망이다. 자신의 예전 제자보다도 못하고 무시와 조롱을 당하기도 한다. 영웅의 초라한 말로다. 과거 영웅은 이제 현실에서 더없이 무력하고 하루하루 생계를 걱정해야 하며, 그의 힘으로 더이상 현실을 바꿀 수도 없다. 사면초가인데, 급기야 아내가 그를 버린다. 예쁜 그의 아내는 나날이 늙어가고, 과거에는 영웅이었지만 지금은 무능한 남편 예에 기대어 매일 끼니 걱정을 하고 까마귀 짜장면이나 먹는 신세가 한탄스럽다. 이런 생활 속에서 항아가 결단을 내린다. 남편 예가 감춰둔 약을 먹고 달로 도망가버리는 것이다. 몰락한 영웅 예의 쓸쓸한 처지를 동정할 것인가? 남편만 바라보고 남편에게만 기대던 삶을 버리고 스스로 삶의 길을 찾아 떠난 항아의 선택을 비난할 것인가? 아니면 응원할 것인가?

「홍수를 다스리다」는 홍수를 다스리는 치수에 성공한 영웅 우를 둘러싼 이야기다. 루쉰은 사오싱 사람이다. 사오싱에는 대우릉大禹陵이 있다. 위대한 우 임금의 무덤이라는 뜻이다. 중국에서 홍수는 예나 지금이나 가장 큰 자연재해 가운데 하나인데, 우는 그런 홍수를 해결한 민족영웅이다. 신화시대인 요임금 때 홍수가 나자 요임금은 곤에게 홍수를 막는 치수를 명한다. 그런데 곤은 성공하지 못한 채 귀양을 가서 죽고, 요임금을 이은 순임금이 곤의 아들인 우에게 치수를 맡긴다. 곤은 흙을 쌓아서 홍수를 다스리려 했지만, 그의 아들 우는 물길을 트는 방법으로 마침내 홍수를 잡았다.

루쉰은 우의 이런 영웅 이야기를 쓰면서 영웅의 치적을 하나하나 열거하면서 영웅의 업적을 묘사하지는 않는다. 오히려 홍수라는 국가적 재난과 위기 앞에서 지식인과 관료, 백성은 우라는 사람이 정말 있는지, 우가 사람인지 벌레인지를 놓고 논쟁하는가 하면, 무엇을 먹을지에만 관심이 있고, 공허한 학문적 논란이나 벌인다. 물론 우의 치수 방법을 두고서도 세상 사람은 시비한다. 하지만 우는 이런 것에 전혀 개의치 않고 외지를 떠돌며 초라한 옷을 걸친 채 오직 자기 일만 한다. 심지어 아내를 얻은 지 나흘 만에 집을 떠났고 자기 집 앞을 세 번이나 지나가면서도 들르지 않을 정도다. 우는 세상과 백성을 위해 헌신하지만, 그 누구에게도, 자기 부인에게도 이해나 인정을 받지 못한다. 루쉰의 소설 속 우는 위선적인 지식인이나 관료, 몽매한 사람들과 대비되어 세상이 아무리 알아주지 않더라도 고난과 비웃음, 험담을 참으면서 좋은 세상을 만들기 위해 헌신하는 인물, 그렇게 헌신하되 영웅을 자처하지 않는 인물이다.

「고사리를 따다」는 우리에게 익숙한 백이와 숙제의 이야기를 다시 쓴 것이다. 백이와 숙제는 지조와 절개의 상징이다. 중국에서도 그렇고 우리나라에서도 그렇다. 상(은)나라에서 주나라로 교체되던 시기, 두 사람은 주나라 무왕이 은나라 주왕을 몰아내고 주나라를 세우자 이는 신하가 천자에 반란을 일으킨 것이고 인의仁義를 저버린 것이라고 하여 수양산에 들어가 고사리만 먹다가 죽었다. 유교에서 성인으로 추앙받는 이 두 사람을 루쉰은 가차없이 풍자한다. 루쉰 소설 속에서 이 두 사람은 충절의 상징이 아니라 헛된 명분과 체면에 사로잡힌 채 현실감각이 없는 답답한 선비이다. 두 사람은 양로원에서 지내다가 주나라 무왕이 인의를 저버리는 일을 저질렀다고 생각하고는 수양산으로 들어간다. 수양산에서 고사리를 따서 온갖 고사리 요리를 해 먹던 두 사람에게 스무 살가량 되는 인근 동네 부잣집 하녀가 치명타를 날린다. 여자가 왜 고사리만 먹느냐고 하자 백이는 "우리가 주나라 곡식을 안 먹어서"라고 답한다. 그러자 여자가 일격을 가한다. "'하늘 아래 어디인들 왕의 땅이 아닌 곳이 있을 것인가?' 당신들이 먹고 있는 고사리는 우리 성상의 것이 아니란 말인가!" 결국 두 사람은 이제 고사리도 먹을 수 없어서 죽게 된다.

이 하녀는 사람들이 너무 야박하게 백이와 숙제를 대했다고 비판하자, 두 사람은 탐욕 때문에 죽었다고 주장한다. 하느님이 두 사람이 불쌍해서 사슴을 보내 사슴 젖을 먹을 수 있게 해주었는데, 그 사슴을 잡아먹을 생각을 하는 바람에 사슴이 사라져버렸고, 그래서 두 사람이 굶어죽었다는 것이다. 루쉰 소설에서 백이와 숙제는 더이상 유교의 이상을 상징하는 선비가 아니다. 주목할 것은 지식인이나 학자, 고상한 척하는 사람들, 넓게는 인간의 위선과 허위, 탐욕을 통렬하게 비판하고 풍자하는 주인공이 바로 하인 신분의 여성이라는 점이다.

「검을 만들다」는 복수 이야기다. 『옛이야기, 다시 쓰다』에 수록된 작품 가운데 가장 대중에게 많이 소개된 작품이다. 홍콩에서 원제인 「주검鑄劍」이란 이름으로 영화로 제작되기도 했다(1994). 왕의 지시로 부부는 천하 명검을 만든다. 왕은 하나를 주문했지만 암수 두 자루를 만든다. 그런 뒤 하나를 왕에게 바친 뒤 하나를 숨겨놓는다. 검을 넘겨받은 왕은 칼을 만든 이를 죽인다. 어머니에게 이 모든 이야기를 들은 뒤 죽임을 당한 아버지의 원수를 갚기 위해 아들이 나선다. 아버지가 숨겨놓은 또다른 명검을 들고 복수 길에 나서지만, 아들은 담이 작다. 그때 흑색 옷을 입은 한 사내가 자신이 대신 복수를 해줄 테니, 두 가지를 달라고 말한다. 아들의 목과 명검이다. 사내는 아들의 목과 명검을 들고

궁에 들어가 왕의 신임을 얻은 뒤 결국 왕의 목을 베고 자기 목까지 베어서 복수를 완성한다. 『열이전』을 비롯하여 여러 중국 문헌에 나온 이야기의 줄거리를 그대로 가져오면서 인물의 개성을 더욱 선명하게 부각하였다. 루쉰의 고향 사오싱은 복수의 고장이다. 월나라 왕 구천이 쓸개를 핥으면서 오나라에 복수했다는 와신상담 이야기가 유래한 곳이다. 악인 적의 목만이 아니라 적과 마찬가지로 악인인 나의 목까지 치면서 나의 악까지 청산하는 루쉰의 독특한 복수관을 엿볼 수 있는 작품이다.

「관문을 나가다」「공격을 막다」「죽은 자 살아나다」는 노자, 묵자, 장자에 관한 이야기다. 중국 사상사의 대가를 보는 루쉰의 시각을 엿볼 수 있다. 물론 공자도 일부 등장한다. 루쉰은 공자를 철저히 비판했지만 그래도 노자와 장자에 더 비판적이라는 것을 이 소설들을 통해 확인할 수 있을 것이다. 공자는 "불가능하다는 것을 알면서도 꼭 해야 할 일을 실천知其不可爲而爲之"하지만 노자는 "아무것도 하지 않음으로써 하지 않음이 없다無爲而無不爲"고 주장하는 공담가로 비판적으로 본다. 루쉰은 중국 국민성의 나쁜 측면이 노장에서 기인한다고 여기기도 했다. 노자와 장자를 다룬 소설에서도 기본적으로 이런 루쉰의 생각을 엿볼 수 있다. 그런데 다른 한편으로 소설 속에 등장하는 노자와 장자는 모두 자신의 이상을 펼치지 못한 채 현실에서 외면당하는 불우

한 말년을 맞는 노인의 모습이다. 자신의 주장과 생각이 현실과 사람들에게 전혀 공감이나 인정을 받지 못한 쓸쓸한 말년의 쓸쓸한 선지자의 모습에 대한 연민을 느끼게 한다. 세상을 위해 헌신하였지만, 현실에서 인정받지 못하는 선구자나 영웅에 대한 루쉰의 안타까운 마음은 묵자 이야기인 「공격을 막다」에서도 나온다. 인간을 창조한 여와나 치수에 성공한 우의 운명이 그러했듯이, 묵자는 전쟁을 막았지만, 그 공에 대한 대접을 받기는커녕 고향으로 되돌아가는 그의 길은 쓸쓸하다 못해 초라하다.

루쉰은 그저 골동품 감상 차원이나 복고주의 차원에서 옛이야기를 다시 쓴 것이 아니었다. 옛이야기를 그가 살던 당시 현실 입장에서 재해석하고, 이를 바탕으로 그가 살고 있던 당대 현실을 비판하기 위해서였다. 과거를 빌려 오늘을 비판한 것이다. 풍자와 비판이 작품의 기조를 이루고 있는 것은 이러한 이유 때문이다. 루쉰의 소설 창작 기술과 루쉰 사상이, 그리고 루쉰의 역사의식과 현실 비판의식이 절묘하게 결합된 작품집이 바로 『옛이야기, 다시 쓰다』이다. 루쉰 이해를 위해서 반드시 일독이 필요한 이유가 여기에 있다.

오랜 역사 동안 전해온 신화와 전설, 역사 사건과 일화 등은 무한히 활용 가능한 인문 콘텐츠와 문화 콘텐츠 자원이다. 콘텐츠 시대에 루쉰이 시도한 옛이야기 다시 쓰기가 지닌 또다른 의미가 여기에 있다. 루쉰의 『옛이야기, 다시 쓰다』는 소설 감상이나 루쉰 이해 차원만이 아니라 옛이야기를 하나의 콘텐츠로서 어떻게 다시 쓰고 활용할지에 대한 하나의 훌륭한 사례이다.

이욱연

루쉰 연보

1881년 9월 25일 저장성 사오싱현에서 아버지 저우보이와 어머니 루루이의 장남으로 태어나다. 본명은 저우수런.

1893년(13세) 할아버지가 뇌물 사건에 연루되어 투옥되고 아버지가 병이 들면서 집안이 몰락하다.

1898년(18세) 난징의 장난해군학교에 입학하다.

1900년(20세) 장난육군학교 부설 철도학교로 옮겨가다.

1902년(22세) 국비 일본 유학생으로 선발되어 유학생 예비학교인 도쿄고분학원에 입학하다.

1903년(23세) 잡지 〈절강조浙江潮〉에 번역문 「스파르타의 혼」, 과학 논문 「라듐에 대하여」 「중국지질약론」을 발표하고, 쥘 베른의 과학소설 『달나라 탐험』 『지구 속 여행』을 번역하다.

1904년(24세) 센다이의학전문학교에 입학하다.

1906년(26세) 학교를 중퇴하고 잠시 귀국해 어머니의 권유로 주안과 결혼하다. 다시 일본 도쿄로 돌아가다.

1907년(27세) 동생 저우쭤런, 친구 쉬서우상 등과 문예지 〈신생新生〉을 창간하려 했으나 무산되다. 잡지 〈하남河南〉에 「문화의 편향 발전론文化偏至論」 「악마파 시의 힘摩羅詩力

說」 등을 발표하다.

1909년(29세) 러시아와 동유럽 소설을 번역한 『해외소설집域外小說集』 두 권을 출간하다. 중국으로 돌아와 항저우의 저장초고등사범학교에서 화학과 생리학을 가르치다.

1911년(31세) 신해혁명으로 중화민국 정부가 수립되다. 사오싱현의 산후이초등사범학교 교장으로 취임하고 문어문소설 「옛일懷舊」을 쓰다.

1912년(32세) 난징의 임시정부에 교육부 직원으로 들어가다. 5월에 정부가 베이징으로 옮겨가면서 함께 베이징으로 가다.

1918년(38세) 단편소설 「광인일기狂人日記」를 루쉰이라는 필명으로 〈신청년新青年〉에 발표하다.

1919년(39세) 단편소설 「쿵이지孔乙己」 「약藥」을 발표하다.

1920년(40세) 단편소설 「내일明天」 「어떤 작은 사건一件小事」 「머리털 이야기頭髮的故事」 「소동風波」을 여러 잡지에 발표하다.

1921년(41세) 〈신청년〉에 단편소설 「고향故鄕」을 발표하다. 베이징 신문 〈신보晨報〉 부록판에 중편소설 「아Q정전阿Q正傳」 연재를 시작하다.

1922년(42세) 러시아 작가 에로셴코의 『동화집』을 번역 출간하다. 단편소설 「단오절端午節」 「흰 빛白光」 「토끼와 고양이兎和猫」 「오리의 희극鴨的喜劇」 「마을 연극社戲」 「부주산不周山」을 발표하다.

1923년(43세) 「광인일기」 등 열다섯 편의 중단편소설을 묶은 첫 소설집 『외침吶喊』과 문학연구서 『중국소설사략中國小說史

略』 상권을 출간하다. 베이징여자고등사범학교와 세계어전문학교에 출강하다.

1924년(44세) 단편소설 「복을 비는 제사祝福」 「술집에서在酒樓上」 「행복한 가정幸福的家庭」 「비누肥皂」를 발표하다. 『중국소설사략』 하권을 출간하다. 주간지 〈어사語絲〉 창간에 참여하다.

1925년(45세) 단편소설 「장명등長明燈」 「조리 돌리기示衆」 「가오 선생高老夫子」 「고독자孤獨者」 「애도傷逝」를 발표하다. 첫 산문집 『열풍熱風』을 출간하다.

1926년(46세) 산문집 『화개집華蓋集』, 열한 편의 소설을 묶은 소설집 『방황彷徨』을 출간하다. 베이징을 떠나 샤먼대학 문과 교수로 취임하다. 단편소설 「미간척眉間尺」(뒤에 「검을 만들다鑄劍」로 제목 바꿈) 「달로 달아나다奔月」를 쓰고 다음해에 발표하다.

1927년(47세) 샤먼을 떠나 광저우로 가서 중산대학 문과 교수로 취임하다. 산문집 『화개집 속편』 『무덤墳』 『들풀野草』을 출간하다. 다시 광저우를 떠나 상하이로 가서 쉬광핑과 동거를 시작하다.

1928년(48세) 산문집 『아침 꽃을 저녁에 줍다朝花夕拾』 『이이집而已集』을 출간하다.

1929년(49세) 왕팡런, 추이전우 등과 함께 문학단체 조화사朝花社를 조직해 〈조화주간朝花週刊〉 〈조화순간朝花旬刊〉 등을 발행하다. 러시아 문예비평가 루나차르스키의 『예술론』

	『문예와 비평』 일역본을 번역 출간하다. 문예비평 논문을 번역한 글을 묶은 『벽하역총壁下譯叢』을 출간하다.
1930년(50세)	자유운동대동맹에 참가하고, 중국좌익작가연맹의 대표로 선임되다. 러시아 이론가 플레하노프의 『예술론』 일역본을 번역 출간하다.
1932년(52세)	산문집 『세 가지 여유로움三閑集』 『두 마음二心集』, 러시아 단편소설을 모은 『하프竪琴』를 출간하다.
1933년(53세)	소설선집 『루쉰 자선집魯迅自選集』, 서간집 『양지서兩地書』, 산문선집 『루쉰 잡감선집魯迅雜感選集』, 산문집 『거짓자유의 책僞自由書』을 출간하다.
1934년(54세)	산문집 『남강북조집南腔北調集』 『풍월이야기准風月談』를 출간하다. 단편소설 「공격을 막다非攻」를 쓰다.
1935년(55세)	고리키의 『러시아 창작동화』 일역본을 번역 출간하다. 산문집 『미처 실리지 못한 이야기集外集』 『문밖에서 문학을 논하다門外文談』를 출간하다. 단편소설 「홍수를 다스리다理水」 「고사리를 따다采薇」 「관문을 나가다出關」 「죽은 자 살아나다起死」를 쓰다.
1936년(56세)	여덟 편의 단편을 묶은 세번째 소설집 『옛이야기, 다시 쓰다故事新編』와 산문집 『꽃테문학花邊文學』을 출간하다. 10월 19일 상하이에서 지병인 폐결핵으로 사망하다.

지은이 **루쉰**
중국의 문학가, 사상가, 혁명가이자 교육가. 1918년 중국 근대문학사상 최초의 백화소설인 「광인일기」를 발표하고, 이어 1921년 중편소설 「아Q정전」으로 중국사회에 큰 반향을 일으켰다. 평생 중국 문화사업에 공헌했고, 진보적 외국문학뿐 아니라 국내외의 저명한 회화와 판화 작품을 보급하고 소개하는 데 힘썼으며, 수많은 고전문학을 연구하고 정리했다. 1936년 세상을 떠났다.

옮긴이 **이욱연**
고려대 중문과와 동대학원을 졸업했고, 현재 서강대 중국문화전공 교수이다. 지은 책으로 『루쉰 읽는 밤, 나를 읽는 시간』 『이욱연의 중국 수업』 『이만큼 가까운 중국』 등이 있으며, 『아Q정전』 『들풀』 『광인일기』 『고독자』 『우리는 거대한 차이 속에 살고 있다』 등을 우리 말로 옮겼다.

문학동네 세계문학
옛이야기, 다시 쓰다

초판 인쇄 2020년 5월 20일 | 초판 발행 2020년 5월 29일

지은이 루쉰 | 판화 자오옌녠 | 옮긴이 이욱연 | 펴낸이 염현숙
책임편집 박인숙 | 편집 이원주 백도라지 이현정
디자인 김이정 이원경 | 저작권 한문숙 김지영 이영은
마케팅 정민호 이숙재 양서연 박지영 | 홍보 김희숙 김상만 지문희 우상희 김현지
제작 강신은 김동욱 임현식 | 제작처 한영문화사(인쇄) 경일제책사(제본)

펴낸곳 (주)문학동네
출판등록 1993년 10월 22일 제406-2003-000045호
주소 10881 경기도 파주시 회동길 210
전자우편 editor@munhak.com | 대표전화 031) 955-8888 | 팩스 031) 955-8855
문의전화 031) 955-3578(마케팅) 031) 955-2699(편집)
문학동네카페 http://cafe.naver.com/mhdn | 트위터 @munhakdongne
북클럽문학동네 http://bookclubmunhak.com

ISBN 978-89-546-7203-0 04820
978-89-546-1411-5 (세트)

잘못된 책은 구입하신 서점에서 교환해드립니다.
기타 교환 문의 031) 955-2661, 3580

www.munhak.com

◎ 루쉰 X 자오옌녠 목각 판화 작품집

새로운 번역과 강렬한 판화로 만나는 중국 근대문학의 이정표, 중국의 민족혼 루쉰의 대표작을 읽는다!

아Q정전

중국 근대문학의 아버지 루쉰의 대표작. 아Q라는 시골 날품팔이의 삶을 통해 신해혁명 전후의 기형적 중국사회와 왜곡된 중국인의 진면모를 드러냄으로써 침묵하는 중국인의 영혼을 흔들어 깨우고자 했다. 루쉰의 당대 현실 인식과 중국 변혁에 대한 강렬한 의지와 희망이 집약된 중국 근대문학의 이정표와 같은 소설.

들풀

중국 근대문학사 최초의 산문시집. 상징과 은유, 풍부한 상상력과 독특한 구상, 다양한 형식과 낯설고 서로 충돌하는 언어를 통해 절망적인 중국의 현실과 '박투'하는 과정에서 루쉰 내면에 일어난 고뇌와 상처의 흔적을 가감 없이 보여준다. 중국사회에 대한 예리한 통찰과 철저한 자기반성을 통한 루쉰의 인생철학을 엿볼 수 있다.